괭이부리말 아이들

괭이부리말 아이들

2001년 10월 30일 초판 1쇄 발행
2023년 3월 28일 초판 91쇄 발행

지은이 김중미
그린이 송진헌

펴낸이 강일우
펴낸곳 (주)창비
등록 1986. 8. 5. 제85호
주소 10881 경기도 파주시 회동길 184
전화 031-955-3333
팩스 031-955-3399(영업) 031-955-3400(편집)
홈페이지 www.changbikids.com
전자우편 enfant@changbi.com

ISBN 978-89-364-3344-4 03810

괭이부리말 아이들

김중미 지음 | 송진헌 그림

창비

□ 머리말

조금만 더 일찍 만났더라면

오늘 여덟 달 동안 같이 살던 아이가 집을 떠났습니다. 마음 한구석이 천근 만근짜리 쇳덩이를 매단 것처럼 무겁고 못으로 찔린 것처럼 아픕니다.

그 아이는 초등학교 때부터 고등학교 때까지 달랑 젓가락 한 벌만 가지고 학교에 다녔답니다. 그 아이는 하루쯤 굶어도 아무렇지도 않을 만큼 배고픔을 잘 견뎠습니다.

그 아이와 같이 살기로 했을 때 저는 하루 세끼 밥만은 꼬박꼬박 챙겨 주겠다고 마음먹었습니다. 그리고 그렇게 했습니다. 하지만 그 아이는 행복해하지 않았습니다. 아무리 배불리 먹어도 행복해지지 않았습니다. 사랑한다는 말을 해도 행복해하지 않았습니다.

그 아이는 배만 고팠던 것이 아닙니다. 배가 고플 때 마음도 같이 고팠습니다. 하루 세끼 밥으로 텅 빈 그 아이의 마음을 채워 주기엔 너무 늦었나 봅니다. 그래서 몹시 안타깝습니다.

그 아이를 조금만 일찍 만났더라면, 그 아이가 젓가락 한 벌만 들고 학교로 갈 때 가방에 도시락을 넣어 줄 수 있었더라면, 외로움에 지쳐 방 한구석에서 울다 지쳤을 때 이불이라도 덮어 줄 수 있었다면. 그렇다면 그 아이는 사람을 믿지 못하는 병에도 걸리지 않았을 테고, 아무리 배불리 먹어도 채워지지 않는 마음 때문에 아파하지도 않았을 겁니다.

내가 조금만 더 일찍 그 아이를 만났다면 그 아이는 사람이, 세상이 믿을 만하다는 것을 알았을 겁니다. 조금만 더 일찍 만났더라면. 조금만 더.

2001년 가을

김중미

차 례

1. 괭이부리말

괭이부리말은 인천에서도 가장 오래된 빈민 지역이다. 지금 괭이부리말이 있는 자리는 원래 땅보다 갯벌이 더 많은 바닷가였다. 그 바닷가에 '고양이 섬'이라는 작은 섬이 있었다. 호랑이까지 살 만큼 숲이 우거진 곳이었다던 고양이 섬은 바다가 메워지면서 흔적도 없어졌고, 오랜 세월이 지나면서 그 곳은 소나무 숲 대신 공장 굴뚝과 판잣집들만 빼곡히 들어찬 공장 지대가 되었다. 그리고 고양이 섬 때문에 생긴 '괭이부리말'이라는 이름만 남게 되었다.

'하루하루 먹고 사는 일로 바쁜 괭이부리말 사람들은 왜 이 동네 이름이 '괭이부리'가 되었는지 아무도 모른다. 다만 호기심 많은 아이들만이 포구와 똥바다를 하얗게 뒤덮는 괭이

갈매기를 볼 때마다 '괭이부리말이란 이름은 저 괭이갈매기 때문에 생겼을 거야.'라고 생각할 따름이다.

괭이부리말에 사람들이 모여 살기 시작한 것은 인천이 개항하고 난 뒤부터이다. 개항 뒤 밀려든 외국인들에게 삶의 자리를 빼앗긴 철거민들이 괭이부리말로 들어와 갯벌을 메우고 살기 시작했다. 그러나 괭이부리말에 지금처럼 많은 사람들이 모이기 시작한 것은 일제 시대부터이다. 일본 식민지 정부는 항구가 가까운 만석동에다 공장을 많이 세웠다. 밀가루 공장, 옷 공장, 목재 공장, 그리고 태평양 전쟁을 치르려고 만든 조선소와 커다란 창고가 들어섰다. 그러자 가난한 식민지 노동자들이 일자리를 찾아 괭이부리말로 꾸역꾸역 모여들었다. 일본이 전쟁에서 지고 일본인들은 우리나라에서 쫓겨났지만 괭이부리말에는 판잣집이라도 한 칸 얻어 살려는 가난한 사람들이 계속 밀려들어 왔다.

그리고 몇 년 뒤 6·25 전쟁이 일어났다. 전쟁이 막바지에 이를 무렵인 1·4 후퇴 때 황해도에 살던 사람들이 고기 잡던 배를 타고 괭이부리말로 피난을 왔다. 전쟁만 끝나면 곧 돌아가려고 피난민들은 바닷가 근처에 천막을 치고 살았다. 그러나 전쟁이 끝났어도 고향으로 돌아갈 수는 없었다. 배를 가지고 피난 온 사람들은 할 수 없이 인천 앞바다에서 고기잡이를 하며 살게 되었고, 몸만 달랑 도망쳐 온 사람들은 미장이나 목

수가 되어 부둣가에서 품을 팔았다. 여자들은 아기를 둘러업고 영종도나 덕적도에 가서 굴도 캐고 동죽과 바지락도 캐다가 머리에 이고 팔러 다녔다. 굴이나 바지락이 귀할 때면 영종도 농부들에게서 구한 누룽지를 이고 다니며 팔았다. 배고프고 가난한 사람들에게 누룽지는 푹푹 끓이면 온 식구가 한 끼를 때울 수 있는 좋은 먹을거리였다고 한다.

그렇게 가난한 살림을 꾸려 가면서 괭이부리말 사람들은 토막집과 천막을 헐고 집을 새로 짓기 시작했다. 굴 껍데기로 터를 다지고, 돈이 벌리는 대로 시멘트도 사고 나무도 사서 조금씩 집을 지었다. 그렇게 지은 집들은 40년이 지난 지금까지도 무너지지 않고 남아 가난한 사람들의 보금자리가 되었다.

전쟁의 아픈 기억들이 흐려지고 피난민들이 고향 생각을 가슴속에 묻을 무렵, 괭이부리말에는 이제 충청도, 전라도에서 한밤중에 괴나리봇짐을 싸거나 조그만 용달차에 짐을 싣고 온 이농민들이 밀려오기 시작했다.

전쟁 뒤 가난해진 나라 살림을 살리는 길은 수출밖에 없다고 떠들어 대던 그때, 가난한 농촌 젊은이들이 수출 역군이 되기 위해 낫과 호미를 집어 던지고 도시로, 도시로 밀려왔다. 그리고 나라에서는 그 노동자들에게 임금을 적게 주기 위해 쌀값을 내려 고정하고 올리지 못하게 하는 정책을 만들었다. 그러자 농민들은 살길이 막막해졌다. 일할 젊은이도 없고 쌀

값마저 제값을 받지 못하니 1년 농사가 늘 빚 잔치가 되었다. 그래서 농민들은 농촌을 뜰 수밖에 없었다.

일자리를 찾아 도시로 올라온 이농민들은 돈도 없고 마땅한 기술도 없어 괭이부리말 같은 빈민 지역에 둥지를 틀었다. 판잣집이라도 얻을 돈이 있는 사람은 다행이었지만, 그나마 전셋돈마저 없는 사람들은 괭이부리말 구석에 손바닥만한 빈 땅이라도 있으면 미군 부대에서 나온 루핑이라는 종이와 판자를 가지고 손수 집을 지었다. 집 지을 땅이 없으면 시궁창 위에도 다락집을 짓고, 기찻길 바로 옆에도 집을 지었다. 그리고 한 뼘이라도 방을 더 늘리려고 길은 사람들이 겨우 다닐 만큼만 내었다. 그래서 괭이부리말의 골목은 거미줄처럼 가늘게 엉킨 실골목이 되었다.

이렇게 괭이부리말은 어디선가 떠밀려 온 사람들의 마을이 되었다. 오게 된 까닭은 모두 달랐지만 가난하고 힘없는 사람들이라는 공통점 때문에 동네 사람들은 서로 형제처럼 지냈다. 고향을 떠난 사람들은 새로운 땅에서 새로운 사람들과 새 보금자리를 만들어 갔다.

세월이 가고, 남보다 열심히 일하거나 운이 좋은 사람들은 돈을 모아 괭이부리말을 떠났다. 괭이부리말에 남은 이들은 여전히 가난한 사람들이었다.

괭이부리말도 점점 도로를 낸다, 주거 환경을 개선한다 하

면서 기찻길 옆의 판잣집들이 철거되었다. 시궁창이 복개되면서 시궁창 옆의 판잣집들도 사라졌다. 절대로 아파트 같은 건 생기지 않을 것 같던 괭이부리말 근처에도 아파트 공사가 시작되었다. 괭이부리말이 부자가 되어서 변하게 된 것이 아니라, 이제 도시 전체가 찰 대로 다 차 버려 사람들이 빈민굴이라고 가기를 꺼리던 괭이부리말 근처까지 아파트를 짓지 않으면 안 될 지경이 된 것이다.

괭이부리말은 큰길과 이어진 동네 어귀부터 변하기 시작했다. 판잣집들이 헐리고 상자곽 같은 빌라들이 들어서기 시작했다.

2. 쌍둥이 숙자와 숙희

괭이부리말은 여름이 끝나 갈 무렵이면 동네가 온통 빨간빛으로 물든다. 낮은 슬레이트 지붕 위에도, 공장 담 밑에도, 큰길가의 인도 위에도 온통 빨간 고추로 넘실거린다. 좁은 골목에 볕이 한 뼘이라도 드는 곳이면 어김없이 고추가 한 줄로 길게 서 있다. 성격이 꼼꼼한 노인들은 공장의 시멘트 블록 사이에 난 구멍에까지 고추를 끼워 놓는다. 특히 윗동네와 아랫동네가 만나는 언덕 아래 공터에서는 돗자리를 대여섯 개씩 펼쳐 놓고 고추를 말리는데, 새벽이면 할머니들이 서로 좋은 자리를 맡기 위해 고추가 담긴 라면 상자를 들고 달리기 시합을 벌인다. 고추 말리기는 농촌에서 쫓겨 와 이제 노동조차 할 수 없어 쓸모없는 사람이 된 노인들에게 더할 나위 없는 소일거리이다.

오늘도 어김없이 고추가 널려 있는 소화전 앞마당은 동네에서 가장 넓은 공터이다. 아이들은 그 너른 마당을 '2층 마당'이라고 부른다. 아마도 아랫동네보다는 턱이 높고 윗동네보다는 한참 낮아서 그렇게 부르기 시작한 것 같다.

2층 마당은 윗동네와 아랫동네를 이어 주는 길목인데다가 버스 정류장이 바로 앞에 있어 아이들뿐만 아니라 동네 사람 모두에게 아주 요긴한 곳이다. 동네 사람들은 2층 마당에서 마늘이나 굴을 싣고 내리고 부업거리를 나누어 가진다. 또 2층 마당은 가끔씩 약장수들이 와서 보따리를 풀어놓고 할 일 없는 동네 노인들에게 구경거리를 만들어 주는 곳이다. 무엇보다 2층 마당은 괭이부리말 아이들에게 더없이 좋은 놀이터이다.

"얼음, 얼음. 어, 동준이 너, 걸렸어. 너 술래야."

숙희는 소화전 앞 고추 말리는 돗자리 옆에서 엉덩이를 쭉 내밀고 어정쩡한 자세로 서 있는 동준이의 어깨를 쳤다. 그 바람에 동준이는 고추를 널어 놓은 돗자리 위로 넘어졌다.

동준이가 반쯤 마른 고추 위에 나뒹굴자마자 구멍가게 할머니의 호통 소리가 들렸다.

"저, 저, 저 간나 새끼들, 다른 데 가서 놀라니까."

아이들은 서로 앞을 다퉈 줄행랑을 쳤다.

"맨날 너 땜에 끝까지 놀지도 못해."

공중화장실 뒷담으로 들어가자 숙희는 동준이에게 쏘아붙였다.

"내가 뭘? 니가 갑자기 세게 치니까 넘어진 거지."

"그나저나 구멍가게 할머니가 잊어버릴 때까지 우리 2층 마당에서 이제 못 놀겠다."

"뭐 어떠냐, 딴 데 가서 놀면 되지. 아, 배고프다."

"나두. 우리 집에 가서 라면 끓여 먹을까?"

"그래."

동준이 집에 가서 라면을 끓여 먹자는 말에 숙희는 냉큼 대답을 했지만 숙자는 얼른 대답을 못하고 있었다.

"야, 동준이가 라면 끓여 먹재잖아."

숙희가 숙자를 채근했다.

"집에 밥 하나두 없는데, 아빠 들어오시기 전에 밥해 놔야지."

"야, 언제 아빠가 집에서 밥 먹었냐? 또 술 먹고 오면 그냥 잘 텐데, 뭐."

숙희는 대수롭지 않게 대꾸했다. 그러더니 냉큼 동준이의 팔짱을 끼면서,

"찜찜하면 너나 집에 가서 밥 해먹어. 야, 동준아, 우리끼리

가자.”

했다. 그러나 동준이는 숙희가 낀 팔짱을 억지로 빼더니,

“숙자야, 내가 라면 끓여 놓고 있을게. 꼭 와, 알았지?”

하고 말했다.

숙자는 숙희와 동준이가 동준이네 집 쪽으로 올라가는 모습을 부러운 듯 쳐다보았다.

타닥타닥 힘없이 집 앞까지 간 숙자는 문 옆에서 낯익은 오토바이를 보았다. 그만 가슴이 덜컹 내려앉았다.

‘아빠가 왜 벌써 오셨을까? 언제 오신 거지?’

겁이 났다. 혹시 아버지가 술이라도 많이 취해서 왔을까 봐 얼른 집에 들어가지도 못하고 망설였다.

숙자는 차라리 아버지가 잠이 들 때까지 밖에서 놀다 들어가는 것이 낫겠다는 생각이 들었다. 숙자는 몇 번 뒤를 돌아보다가 동준이네 집으로 달려갔다.

동준이네 집은 교회 앞에 집들을 허물고 생긴 공터에 있다. 빈터에 동그마니 혼자 남은 동준이네 집은 시멘트 블록이 군데군데 부서져 내렸고, 벽은 옆집을 부술 때 받은 충격으로 지붕 아래에서 알루미늄 새시 문 아래 틈까지 금이 갔다. 판자로 올린 다락은 왼쪽이 심하게 내려앉아 마치 피사의 사탑처럼 보였다.

“동준아.”

숙자는 동준이를 부르며 문을 열었다. 동준이는 끓는 물에 라면을 넣다가 숙자를 보고,

"어, 숙자 왔네. 방에 들어가 있어. 다 됐어."

하고 반겨 주었다. 숙자는 방에 들어가지 않고 동준이 옆에 서서,

"내가 도와줄까?"

하고 동준이 어깨 너머로 기웃거렸다.

"괜찮아. 나, 라면 하나는 잘 끓이잖아."

동준이는 숙자를 방으로 떠밀었다.

숙희는 동준이네 방에서 텔레비전을 보고 있었다. 좁은 방 한쪽 벽을 다 차지한 옷걸이에는 여름옷, 가을옷 할 것 없이 옷들이 잔뜩 걸려 있다. 부엌으로 난 문 옆의 벽지는 닳고 닳아 까맣게 반질반질 윤이 났다. 동준이가 날마다 그 벽에 기대 텔레비전을 보기 때문이었다. 텔레비전은 얼마나 오래된 것인지 화면 끝이 늘었다 줄었다 했다. 잠시만 보고 있어도 눈이 아프고 어질어질해졌다. 그래도 동준이는 하루 종일 그 텔레비전 앞에 앉아 있을 수 있다.

숙자가 조용히 들어가 숙희 옆에 앉자 숙희는 숙자를 바라보지도 않고 빈정거렸다.

"아빠 밥이나 해 놓지, 왜 왔어?"

"아빠 벌써 온걸, 뭐."

숙자의 목소리에 힘이 하나도 없었다.

"뭐? 그래서?"

"그래서 그냥 왔지, 뭐. 이따가 아빠 잠든 다음에 들어가려구."

숙희도 아버지가 벌써 왔다는 말에 잠시 겁먹은 표정을 지었다.

동준이가 라면을 끓여 쟁반에 받쳐 왔다.

"네 개 끓였다. 많이 먹어."

동준이는 숙자 앞으로 라면 냄비를 밀어 준다.

숙희는 그런 동준이를 흘끗 쳐다보며 입을 삐죽거린다. 그러고는 냄비 하나만 달랑 얹힌 쟁반을 이리저리 살피더니,

"야, 김치 없냐?"

한다.

"김치가 어딨냐? 이 라면도 어제 형이 들어오면서 사 온 거다."

숙자는 머쓱해서 변명을 하는 동준이 눈치를 보며 숙희에게,

"얻어먹는 주제에 찾는 것도 많다. 우리도 김치 없잖아."

하고 핀잔을 주었다.

숙희는 숙자를 한 번 흘겨보고는,

"니네 형 왔다구?"

하고 동준이에게 물었다.

"응, 어젯밤에 왔더라."

"야, 숙자야. 오늘 여기서 못 있겠다. 얘네 형 왔대."

"나두 들었어."

숙자는 라면을 후후 불면서 말했다.

숙자는 속으로 걱정이 되었다. 동준이 형인 동수가 왔다면 여기서 떠들고 놀 수도 없었다. 아버지가 잠들 때까지 어디 가 있어야 할지 막막했다.

라면을 다 먹은 뒤 설거지를 하는 숙자 뒤에서 동준이는 미안한 얼굴로 말했다.

"그냥 있다가 가. 떠들지 않고 텔레비전만 보다 가면 되잖아."

"싫어. 그러다가 저번처럼 동수 오빠가 내려와서 우리한테 막 뭐라구 그러면 어떡해. 숙희야, 빨리 가자."

숙자는 설거지를 끝낸 뒤 빨랫줄에 걸린 꾀죄죄한 수건에다 손을 닦고 숙희를 재촉했다.

"내가 데려다줄게."

숙자와 숙희가 집을 나서자 동준이도 따라 나왔다.

"괜찮아."

"그래도 너네 집까지 내려가려면 무섭잖아. 깜깜한데."

"그럼 저기 무당 할머니네 집까지만 데려다 줘."

아이들은 동준이네 집에서 아랫동네로 내려가는 지름길인

골목으로 들어섰다. 골목에 들어서자 아이들은 잡은 손을 놓고 한 줄로 나란히 걸었다. 골목이 워낙 좁아 어린아이라고 해도 한 명 이상은 지나갈 수 없기 때문이다.

"어! 저게 뭐지?"

맨 앞에 걷던 동준이가 멈춰 서며 말했다.

"저기 초상났나 봐."

"어디, 어디."

숙희는 동준이를 제치고 앞으로 나서더니 까치발을 하고 골목 끝을 보았다.

"누구네 집이지?"

"저기 골목 끝 집이면 유도 아저씨네 집 아니니?"

"유도하는 아저씨?"

"응, 저번 날에 고등학교 형아들 패싸움할 때 말린 그 아저씨 말야."

"맞다."

"근데, 누가 돌아가셨지?"

"글쎄 말야."

동준이와 숙희가 나누는 이야기를 뒤에서 가만히 듣고 있던 숙자가 끼어들었다.

"저기 끝에는 유도 아저씨랑 그 아저씨네 엄마밖에 안 살잖아."

"그래, 그래. 그러고 보니까 구멍가게 할머니가 얘기하는 거 들은 것 같애. 그 아저씨 엄마 암에 걸렸다구."

"그럼, 그 아저씨 엄마가 돌아가신 건가? 어째 좀 무섭다."

숙희는 갑자기 얼굴을 찌푸리며 동준이 팔에 매달렸다.

"무섭다. 우리 그냥 큰길로 가자."

숙희는 갑자기 겁이 난 듯 동준이를 졸랐다.

"싫어. 난 끝까지 가 보고 싶어."

동준이는 골목을 보며 호기심 어린 얼굴로 말했다. 그러자 숙자가 뒤에서 조그만 목소리로 말했다.

"동준아, 그냥 가자. 궁금하면 너 혼자 내일 알아보면 되잖아. 나도 무서워. 우리 큰길로 나가자."

숙자의 말에 동준이는,

"그러지, 뭐."

하고 골목을 되돌아서 나왔다.

동준이와 헤어진 다음 언덕을 내려오는 동안 숙희는 말 없이 숙자를 따라왔다. 숙희는 2층 마당 근처에 오더니 숙자 뒤에서 힘없는 목소리로 말했다.

"애들도 하나도 없네."

"그럼 지금 몇 신데 애들이 있겠니."

"언니, 아빠 잠들었을까?"

숙희는 사람들이 없는 데서만 숙자를 언니라고 불렀다. 남들 앞에선 15분 먼저 난 게 무슨 언니냐며 앙탈을 부렸지만, 아무도 없을 땐 숙자에게 어린애처럼 굴었다.

“당연히 아직 안 주무시겠지.”

“그럼 어떡하지?”

“숙희야, 우리 그냥 집에 들어가서 혼나 버리자.”

“싫어.”

숙자는 숙희의 손을 잡았다.

숙자와 숙희는 말없이 걸었다. 서로 어머니 생각을 하고 있다는 걸 알았지만 아무 말도 하지 않았다. 숙자와 숙희는 둘이서 손을 잡고 밤 늦게까지 동네를 돌아다녔다.

밤이 깊어지면서 희뿌연 안개가 괭이부리말을 덮었다. 골목 사이를 떠도는 뿌연 연기 같은 것에 실려 온 냄새가 점점 짙어졌다. 가스 냄새 같기도 하고 구린내 같기도 한 냄새가 나기 시작하자 곧 목이 아파 왔다.

“언니, 또 냄새 난다.”

“정말.”

숙자와 숙희는 계속 가래를 뱉어 대며 동네를 몇 바퀴 돌았다. 아버지가 깊이 잠들 때까지.

3. 동준이와 동수 형제

숙자와 숙희가 돌아간 뒤 동준이는 형 동수가 있는 다락으로 올라갔다. 다락 문을 여니 본드 냄새가 가득했다. 동준이는 다락에 난 창문을 열었다. 동수는 꿈을 꾸듯 누워 있었다.

동준이 아버지는 아이엠에프(IMF) 뒤로 일자리 없이 1년 남짓 지내던 어느 날 집을 나갔다. 그 전에는 큰 덤프차에 철근이나 철로 된 고물을 싣고 나르는 일을 했다. 한번 일을 나가면 이틀 밤쯤은 집을 비우기 예사여서 동준이와 동수는 둘만 있는 시간이 많았다.

아버지가 일을 안 나가니까 동준이는 처음 며칠은 참 좋았다. 아버지와 같이 밥도 먹을 수 있고 잘 때도 무섭지 않고. 그러나 집에서 혼자 술을 마시는 날이 많아지면서 아버지는 잔소리가 늘었다. 밖에 나가면 동네 아저씨들과 싸우는 일도 잦아졌다. 술을 많이 마신 날은 동수를 보고 집 나간 어머니를 빼닮았다며 트집을 잡아 못살게 굴었다. 여름철엔 영종도 신공항 공사장에 가서 날일을 하기도 했지만 그 일마저도 꾸준히 있는 것이 아니었다.

그런 와중에 재개발 소문이 돌았다. 재개발 문제로 동네가 온통 술렁술렁거렸다. 동준이네가 있는 11번지 사람들은 서로 땅을 합쳐서 공동 주택을 짓는 데 동준이네만 빼고 모두 찬성을 했다. 먹고사는 일이 더 급한 사람들은 판잣집을 건축업자에게 헐값으로 팔고 다른 동네로 이사를 갔다. 동네에 빈집만 남자, 어느 날 굴착기가 와서 판잣집들을 다 부숴 버렸다. 11번지엔 달랑 동준이네 집만 남았다. 건축업자는 동준이네 때문에 터닦기를 못한다며 손해 배상 청구를 하겠다고 날마다 으름장을 놓고 갔다.

그러던 어느 날 새벽, 동준이 아버지는 텔레비전 위에 돈 삼십만 원과 돈을 벌어 돌아오겠다는 편지 한 장만 써 놓고 집을 나갔다. 그리고 벌써 몇 달째 소식이 없었다. 아버지가 집을 나간 뒤로는 건축업자가 와서 겁주는 일이 없어졌다. 소문에 듣기로는 그 건축업자가 IMF로 빚을 잔뜩 지고 도망을 갔다고 했다. 동수와 동준이에겐 그나마 다행스런 일이었지만 공동 주택이 지어질 때까지 셋방을 살아야 하는 사람들에겐 앞이 깜깜한 일이었다.

동수는 아버지가 집을 나가자 자주 집을 비웠다. 어쩌다 한 번씩은 돈을 가지고 들어오기도 하고, 라면이나 빵을 들고 오기도 했다. 동준이가 집에서 끼니를 때울 수 있는 때는 그때뿐이었다. 대개는 학교에서 먹는 점심 급식이 하루 끼니의 전부였다. 여름 방학 때는 무료 급식을 하는 교회에 가서 점심만 먹었다.

보름 만에 집으로 돌아온 동수는 몸도 더 야위고 꾀죄죄한 모습이었다. 동수의 손에는 라면과 계란이 들려 있었다. 동수는 반가워하는 동준이를 외면하고 다락으로 올라가더니 한참 동안 내려오지 않았다.

동준이는 형이 다락에서 무얼 하는지 다 알고 있었다. 그래서 늘 형이 잠들 때까지 있다가 다락으로 올라가 창문을 열어 환기를 한 뒤, 형이 혹시 죽은 것은 아닌지 확인했다. 그래야 마음이 놓였다.

동준이는 다락방에서 냄새가 다 빠지자 문을 닫고 나왔다.

다락에서 내려온 동준이는 베개를 꺼내 방바닥에 누워 텔레비전을 켰다. 텔레비전을 보다 보니 점점 졸음이 밀려 왔다. 텔레비전에서 떠드는 소리가 가물가물하게 들리기 시작했다. 그래도 동준이는 텔레비전을 끄지 않는다. 동준이는 아버지가 집 나간 뒤로 늘 이렇게 텔레비전을 켜고 자는 버릇이 생겼다.

동준이가 잠이 들면 얼마 뒤 텔레비전에서는 애국가가 울려 퍼지고 곧 화면이 지지직거린다. 동준이가 잠들면 언제나 그런 것처럼 텔레비전만이 눈을 부릅뜨고 외로운 동준이 곁에서 밤을 지켰다.

"동준아, 동준아, 학교 가자."

동준이는 아직도 잠을 자는지 대답이 없다.

"야, 이동준! 지금 8시 45분이야."

그 소리에 동준이는 눈을 번쩍 뜨고 벌떡 일어났다. 밤새 동준이를 지켜 준 텔레비전을 끄고 가방을 멨다. 동준이는 개수대로 가서 물만 조금 묻혀 눈곱을 떼고 밖으로 나왔다.

"정말 8시 45분이야?"

동준이는 하품을 늘어지게 한 번 하더니 물었다.

"아니, 사실은 아직 15분이나 남았어. 이거 먹어."

숙자는 동준이에게 빵 봉투를 내밀었다.

"이게 뭔데?"

동준이가 눈이 동그래져서 묻자 숙자는 환하게 웃으며 말했다.

"응, 어제 집에 갔더니 아빠가 잔뜩 사다 놨더라. 아빠가 쌀이랑 반찬도 많이 사다 놨다. 이따가 저녁은 우리 집에서 먹자."

동준이는 빵을 받자마자 입 안 가득 쑤셔 넣고는,

"그럼, 너네 아빠한테 혼 안 났겠네. 너네 아빠 어제 술 안 드셨어?"

하며 친구들 걱정을 해주었다.

"응, 우리가 어제 무서워서 늦게 들어갔걸랑. 근데도 혼도 안 내구 어디 갔다 이제 오냐구 그러시더라. 어제 울 아빠 좀 이상한 거 있지. 어쨌든 혼도 안 났지, 맛있는 거 먹었지, 기분 되게 좋더라."

숙희가 기분이 좋아서 신나게 떠들어 대다가 갑자기 생각이 난 듯 동준이에게 말했다.

"참! 동준아, 어제 초상난 집, 그 집 유도 아저씨네 맞더라."

"그래? 가 봤어?"

"응, 오늘 아침에 우리 그 아저씨네 집 앞으로 왔거든."

숙희의 대답에 동준이는 고개를 끄덕이더니 슬픈 표정이 되었다.

"그 아저씨도 되게 불쌍하게 됐다."

숙희는 동준이의 말에 눈살을 찌푸리더니 말했다.

"치, 어른인데 뭐가 불쌍해. 우리도 엄마 없이 사는데, 뭐."

숙희와 동준이의 수다를 듣고만 있던 숙자는 앞서 걷던 걸음을 멈추고 말했다.

"야, 이러다 학교 늦겠다. 빨리 가자."

동준이는 숙자가 청소를 끝낼 때까지 숙자네 교실 앞에서 기다렸다. 숙자가 가방도 제대로 메지 않고 급하게 교실을 나오며 동준이에게 말했다.

"많이 기다렸어?"

"아니. 너네도 숙제 많니?"

"응, 조별 숙젠데 나는 조별로 하고 싶지 않아서 그냥 혼자 하려구."

"그럼 나랑 같이 하자."

"그래."

숙자와 동준이가 재잘대며 교문을 나서는데 초록색으로 머리를 물들인 아이가 동준이를 불러 세웠다.

"야, 이동준, 너네 형이 너 데리고 오래."

"왜?"

동준이는 못마땅한 얼굴로 아이를 올려다보았다.

"몰라, 너네 형이 너 데려오래."

"……."

얼른 대답을 않는 동준이를 보고 초록 머리 아이가 말했다.

"너네 형이 너한테 뭐 줄 게 있대. 빨리 와."

동준이는 곰곰이 생각하더니,

"숙자야, 너 저기 형제 문구 앞에서 나 기다려 줄래? 금방 올게."

하고 말했다. 숙자는 걱정스러운 얼굴로 고개를 까딱했다.

"기다려, 금방 올게."

동수는 학교 뒤에 있는 학원 건물 뒷골목에 있었다. 친구들과 담배를 피우고 있다가 동준이가 들어가자 담뱃불을 비벼 껐다.

그런 동수의 모습을 보고 동준이는 이맛살을 찌푸리며 말했다.

"뭐야? 왜 오라구 그랬어?"

동수는 동준이의 말이 끝나기도 전에 꿀밤을 한 대 먹이더니,

"이 짜식이 형이 불렀는데 오자마자 싸가지 없게."

하며 땅바닥에 침을 뱉었다.

"왜 불렀냐구? 나 빨리 가서 조별 숙제 해야 돼."

여전히 동준이는 동수에게 툴툴거렸다.

"야, 삼천 원이야. 이걸루 모레까지 살아. 나 잠깐 어디 갔다 온다."

동수는 백 원짜리 동전과 오백 원짜리 동전 몇 개를 내밀며 말했다.

동준이는 동수 손바닥에 있는 동전들을 흘끔 내려다보더니,

"어디 가는데?"

하고 물었다.

"그건 몰라도 돼. 어서 이거 받아."

동수가 다시 손바닥을 내밀었다. 그러나 동준이는 돈은 받지 않고 대뜸,

"싫어. 이거 중학교 앞에서 애들 돈 뺏은 거지?"

하고 말했다. 동수의 얼굴이 일그러졌다.

"너 건방지게 굴 거야? 그게 무슨 상관인데?"

"난 이런 돈 필요 없어. 형 없을 때도 돈 없이 살았어."

동준이는 눈을 부릅뜨며 동수에게 대들었다. 동수는 동전을 주머니에 쑤셔 넣더니 주먹으로 동준이의 뺨을 쳤다.동준이가 비틀거리다가 넘어졌다.

동준이는 입술을 악물고 일어났다. 그러고는 동수를 보지도 않고 골목을 뛰쳐 나왔다.

동준이는 학원 앞으로 나와서야 뒤를 돌아보았다. 아무도 따라오지 않았다. 형이 따라오지 않아 한숨을 놓았지만 마음 한구석에서는 서운한 생각도 들었다. 몇 번 더 뒤를 돌아보았지만 형은 끝내 따라 나오지 않았다.

동준이는 천천히 학교 담을 따라 걸었다. 아무래도 또 며칠 형이 집에 들어오지 않을 것 같았다. 멀리 형제 문구 앞에 서 있는 숙자가 보였다. 동준이는 숙자를 보자 갑자기 눈물이 핑 돌았다. 그렇지만 입술을 꼭 깨물고 울음을 참았다.

숙자는 형제 문구 앞에서 스티커를 구경하며 서 있다가 동

준이가 오는 것을 보았다. 동준이가 가까이 오자 숙자는 벌겋게 부어오른 동준이의 뺨을 보고 깜짝 놀랐다.

"동준아, 너 얼굴이 왜 그래? 맞았어?"

동준이는 숙자가 걱정스러워하자 고개를 숙이며 말했다.

"괜찮아."

"동수 오빠가 너 때린 거야?"

"……."

동준이는 대답은 않고 고개만 끄덕였다.

"동수 오빠가 널 왜 때렸는데?"

동준이는 아무 말도 하지 않았다.

건널목을 건너 교회 앞 언덕을 오를 때까지 동준이는 한마디도 하지 않았다.

빌라 공사장 앞에 오자 동준이가 숙자에게 말했다.

"숙제 우리 집에서 하자. 오늘 우리 형 안 들어올 거야."

"알았어. 그럼 우리 집에 가서 내가 밥이랑 반찬 가지고 올게."

"그래."

동준이는 어깨를 축 늘어뜨리고 집으로 들어갔다.

숙자는 문이 닫힐 때까지 동준이의 뒷모습을 보며 서 있었다.

4. 유도 아저씨 영호

영호는 어머니의 뼛가루를 영종도 앞바다에 뿌렸다.

아버지가 돌아간 그 바다 위에 어머니의 유골을 뿌리면서 영호는 두 분이 살아 있을 때와 달리 하늘나라에서는 금실 좋은 부부로 살기를 빌었다. 어머니가 돌아간 뒤 하루 만에 화장을 한 것을 가지고 동네 사람들은 이러쿵저러쿵 뒷말이 많았다. 그러나 영호는 아랑곳하지 않았다. 어머니의 마지막 소원이었기 때문이다.

강원도 치악산 아래 도로 공사장에서 기중기 기사로 일하던 지난여름, 영호는 어머니 친구에게서 전화를 받았다. 어머니가 피를 많이 쏟아서 병원에 갔는데 자궁암 말기라고 했다.

서둘러 병원으로 달려간 영호에게 어머니는 말했다.

"나, 병원에서 나가구 싶다. 나 죽으면 그냥 화장혀라. 이미 암이 아기집뿐 아니라 온몸에 다 퍼졌다는데 괜시리 돈 쓸 필요 없다."

어머니는 절대로 퇴원은 안 된다는 영호의 말을 듣지도 않고 영호가 잠시 자리를 비운 사이에 몰래 병원을 나가 버렸다. 원무과에서 병원비를 치르는데 자꾸자꾸 눈물이 나왔다. 덩치는 산만한 청년이 눈물을 펑펑 쏟자 사람들이 깜짝 놀라 바라보았다. 그러나 영호의 눈에는 그 사람들이 보이지 않았다.

병원을 나와 괭이부리말에 올 때까지 영호는 계속 울었다. 동네에 들어서자 골목에서 마늘을 까고 앉아 있던 할머니들이 깜짝 놀라 영호네 집까지 쫓아 들어왔다.

"아이구, 영호 엄마. 이게 뭔 일이래, 그래."

동네 사람들이 집으로 들어와 호들갑을 떨자, 누워 있던 영호 어머니가 힘겹게 몸을 일으켜 앉았다. 그리고 그중 제일 나이 많은 할머니에게 말했다.

"아무 일 없응께 나가서 일 보셔유. 저기 기식이 할머니, 저기 저 마늘, 할머니가 좀 까셔유. 암만 혀두 지가 못 깔 것 같응께."

영호 어머니의 말에 기식이 할머니는 마늘 포대를 들더니 함께 들어온 아주머니들을 끌고 나갔다.

집 안이 다시 조용해지자 영호 어머니는 훌쩍대는 영호를

곁으로 끌어 앉히더니,

"울지 말어, 야. 죽게 된 사람은 나구만 니가 왜 운다냐?"

하며 퉁퉁 부은 손을 들어 영호의 얼굴을 닦아 주었다.

"영호야, 니 내 말 잘 들어야 헌다. 이 집, 니 앞으로 불하 신청해서 돈 다 냈으니께 이제 니 집이여. 니가 3년 동안 고생혀서 번 돈 가지구 이 집이 앉어 있는 땅 샀다. 이 집이 나랑 니 아버지가 돌 나르고 시멘트 포대 한 봉지씩 사서 몇 달이나 공들여 지은 집이여. 뱃일 나갔다 와서 한밤중에도 시멘트를 발랐다니께. 근데 이 집을 너한테 물려 줄라면 시에다 돈을 내고 땅을 사야 헌다구 그러더라. 이게 왜 시 땅이라고 허는지 나는 모르겄다. 맨 갯벌 천지인 데를 동네 사람들이 굴 껍데기랑 돌이랑 쓰레기 갖다가 메워 만든 땅인데. 그래도 어쩌겄냐. 힘없는 백성은 나라에서 허라는 대로 혀야지. 그래도 이 땅이랑 집은 이제 니 꺼여."

영호 어머니는 몸을 일으켜 텔레비전 아래 서랍을 열더니 통장을 하나 꺼냈다.

"이거 받어라. 니가 번 돈으로 땅 사고 남은 돈을 다달이 은행에 적금을 붰다. 5년짜리라는데 겨우 반밖에 못 붰다. 나머지는 니가 열심히 일해서 꼭 채워 넣어라. 그라면 그 돈으로 장가도 갈 수 있을 거 아녀."

암 덩어리는 고생만 하고 살아온 영호 어머니의 마지막 가

는 길마저 힘겹게 만들었다. 영호 어머니는 자주 온몸을 뒤틀고 소리를 지르며 아파했다. 그러다가도 아픔이 좀 덜하면 영호를 붙들고 많은 이야기를 했다. 어릴 적 시골에서 고생한 이야기, 영호 아버지가 돌아가기 전 13년 동안 살면서 겪은 이야기 들을 다 털어놓았다. 가슴에 묻어 둔 이야기들까지 다 쏟아낸 영호 어머니는 병원에서 퇴원한 지 한 달 만에 돌아갔다.

영호 어머니는 논 한 마지기조차 없는 가난한 농부의 팔 남매 중 둘째 딸이었다. 밥을 먹는 날보다 굶는 날이 더 많았다는 영호 외갓집에서는 먹는 입 하나 덜자는 생각에 영호 어머니를 시집보냈다. 신랑은 마흔 살 노총각이었다. 외갓집에서는 배라도 한 척 있으니 굶지는 않을 거라고 좋아했단다. 동네에서는 영호 어머니가 도시로 시집을 가니 경사라고 입소문이 돌았다.

그러나 막상 시집온 영호 어머니는 시집 오던 날부터 영호 아버지를 따라 바다에 나갔다. 게 잡이를 하기 위해선 물때를 잘 맞춰야 했다. 밀물, 썰물 시간에 따라 일나가는 시간이 새벽도 되고 한밤중도 되었다. 영호 어머니는 영호를 낳기 전 날에도 덕적도 앞바다에서 그물을 끌어올려야 했다. 영호가 태어난 뒤에도 영호 어머니는 백일도 안 된 영호를 업고 포구에 나가 영호 아버지가 잡아 온 생선들을 도매상에 넘기는 일을 했다. 그리고 도매상에다 넘기고 남은 병어나 아귀, 게는 함지

박에 이고 시장으로 팔러 다녔다. 영호 어머니는 그래서 아픈 데가 많았다. 팔이나 무릎, 발목, 어디 하나 성한 데가 없었다.

영호는 어머니가 앉아서 쉬는 것을 보지 못했다. 추운 겨울이나 한여름, 뱃일을 나가지 않을 때는 굴을 까거나 마늘을 깠다. 영호를 대학까지 보내려면 그렇게 쉼 없이 일해야 된다고 했다. 그러다가 영호가 초등학교 6학년이 되던 해, 아버지와 어머니가 함께 바다에 나갔다가 아버지가 실종됐다. 바람이 유난히 심하던 그날, 전날 밤 쳐 놓은 그물이 엉킨 것 같다며 아버지는 비닐 옷과 장화를 벗지도 않고 물에 뛰어들었다. 그리고 다시 배 위로 돌아오지 않았다. 아버지가 바닷물에 불어 퉁퉁 부어오른 주검으로 발견된 것은 이틀 뒤였다.

아버지를 장사 지낸 뒤 어머니가 말했다.

"아무래도 귀신이 있는가 봐. 그렇게 멱도 잘 감고 철저한 사람인데, 왜 그날은 장화도 안 벗고 물에 뛰어들었나 몰러."

영호 아버지가 돌아간 그때도 영호 어머니는 일주일 만에 자리를 털고 일어나 일을 했다.

영호는 어머니가 그렇게 일해서 번 돈으로 고등학교를 마쳤다. 어머니는 영호를 대학에 못 보내는 대신 중장비 학원까지 보내 주었고, 성실한 영호는 자격증도 따고 일도 열심히 했다. 공익 근무 요원으로 군 복무를 하는 동안에도 영호는 컴퓨터 학원도 다니고 태껸 도장이나 유도장에 나가 운동도 열심히 했다. 영호는 꼭 성공해서 어머니를 편히 모시는 것이 소원이었다.

공익 근무를 마치자 이전에 함께 일한 아저씨들이 금세 다시 일을 하자고 할 만큼 영호는 성실했다. 영호는 이제 돈을 많이 벌 수 있을 것 같았다. 부자가 되고 싶었다. 이제는 남들만큼 잘살 수 있으리라는 꿈에 부풀어 있었다.

그러나 이제 그런 꿈들은 모두 색 바랜 옛날 사진처럼 사진첩에 갇혀 버렸다.

5. 숙자와 담임 선생님의 비밀

"숙자야, 청소 끝나고 남아."

청소가 끝나고 빈 교실에 혼자 남아 담임 선생님을 기다리던 숙자는 몇 번이고 그냥 나가 버리고 싶었다. 선생님이 어머니 이야기를 꺼낼까 봐 걱정이 되었기 때문이다.

조마조마한 마음으로 앉아 있는데 교실로 들어온 선생님은 책상 앞에 앉자마자 숙자를 보고,

"숙자야, 아직 엄마 집에 안 들어오셨니?"

하고 물었다.

"……."

"어디 계신지 모르는 거야?"

"……."

숙자는 선생님이 물을 때마다 그냥 고개만 끄덕였다.

"혹시 숙자, 엄마 때문에 운동회 연습도 못하겠다고 그런 건 아니니?"

선생님은 숙자 마음을 떠보기라도 하려는 듯 물었다.

"아뇨, 정말 아파서 그래요."

"어디가 아픈데?"

"저, 햇볕에만 나가면 어지럽구요, 배도 아파요. 부채춤 출 때 돌고 나면 막 토하구요……."

"그럼 병원에 가 봐야지."

"아빠가 바쁘셔서 그래요. 오늘 갈 거예요."

선생님은 숙자의 말을 듣고 그냥 잠자코 있다가 다시 말을 건넸다.

"숙자 너, 요즘 숙제도 안 해오고 일기도 계속 안 내던데?"

"……."

"숙자야, 숙자는 어머니가 계실 때도 뭐든지 혼자 잘했지? 어머니가 안 계실수록 제 할 일은 제가 스스로 잘해야지. 선생님은 숙자를 착하고 성실한 어린이로 봤는데, 요즘 실망스러운걸."

숙자는 선생님이 왜 이럴 때 어머니 이야기를 꺼내는지 원망스러웠다.

"엄마 없다구 그러는 거 아녜요. 정말루 아파서 숙제도 못하고, 일기도 못 썼어요."

뿌루퉁해진 목소리로 대답하는 숙자를 가만히 지켜보던 선생님이,

"학교 올 때 준비는 누가 해주니?"

하고 물었다.

"제가요."

"밥은?"

"제가요."

"숙희가 좀 도와주니?"

"……."

숙자는 대답은 않고 고개만 살래살래 저었다.

"숙자가 할 일이 너무 많아서 아팠나 보구나."

숙자는 선생님의 그 한마디 말에 눈물이 핑 돌았다. 그렇지만 얼른 입술을 깨물었다.

다시 아무 말이 없던 선생님은 수첩에서 사진 한 장을 꺼내 숙자가 앉은 책상 위에 놓았다. 그리고,

"선생님이 초등학교 졸업식 때 찍은 거다. 볼래?"

하고 말했다.

숙자는 사진을 들여다보더니,

"어, 여기 우리 학교네!"

하고 놀랐다.

“그래, 선생님도 이 학교 다녔단다. 그게 10년 전이다.”
“어! 근데 선생님, 우리 학교는 하나도 안 변했네요.”
숙자는 신기한 듯 사진에서 눈을 떼지 않았다.
“선생님, 선생님도 정말 우리 학교 나오셨어요?”
숙자는 단 한 번도 선생님이 괭이부리말 같은 동네에서 살았을 것이라고 생각해 본 적이 없었다.
선생님은 토끼 눈을 하고 있는 숙자에게 머리를 숙이더니 작은 목소리로 말했다.
“지금부터 하는 이야기는 숙자랑 선생님이랑 둘만의 비밀인데, 비밀 지켜 줄 수 있니?”
숙자는 비밀이라는 말에 귀가 솔깃해져 고개를 끄덕였다.
“선생님 아버지는 선생님이 한 살 때 돌아가셨어. 아버지가 돌아가신 뒤에 선생님은 외할머니 등에 업혀서 오빠, 언니들과 인천으로 이사를 왔지. 그게 바로 괭이부리말이었어. 우리가 갖고 있는 밭이랑 집을 판 돈으로는 괭이부리말에 있는 집밖에 살 수 없었대. 선생님네 집은 옛날 교회 뒤에 공중화장실 바로 아랫집이었어. 우리 삼 남매는 할머니가 돌보시고, 엄마는 신문 배달도 하시고 학습지도 돌리셨어. 그러다가 우유 배달을 하셨지. 처음엔 자전거로 하시다가 오토바이를 사고, 선생님이 고등학교를 졸업할 때쯤엔 다마스라는 작은 봉고를 가지고 배달을 하셨지. 그다음엔 작은 슈퍼를 사서 장사를 하셨어. 외할머니도 우리만 돌보신 게 아니라 동네 할머니들과 굴도 까고 마늘도 까셨어. 어머니랑 할머니는 항상 바쁘셨어. 선생님 어머니는 늘 그러셨어. '이 괭이부리말은 우리 가족에겐 정류장이지 목적지가 아니다.' 우린 그 말을 항상 명심했어. 그래서 선생님 오빠는 열심히 공부해서 서울에 있는 대학엘 갔고, 언니와 나는 선생님이 되었단다. 외할머니와 어머니가 고생하신 것만큼 보답해 드리려고 열심히 노력한 덕분이지. 선생님네 어머니는 지금 연수동에서 식당을 하신단다. 숙자야, 사람이란 누구나 다 어려운 시절을 겪어. 그런데 그 어려움 속에 그냥 빠져 있기만 하면 도움이 안 되는 거야. 숙자는 똑똑하고 착하니까 선생님처럼 생각해 봐. 지금 내가 어려운 건 아무것도 아니다, 난 이 어려움을 이겨 내고 훌륭한 사람이 될 거다, 이렇게 생각해 보는 거야. 그리고 운동회에도 끝까지 참여하는 거야. 선생님은 늘 아버지랑 같이 이어달리기를 하는 아이들이 부러웠단다. 그렇지만 아이들 앞에서는 부러워하는 티를 안 냈어. 대신 악착같이 뛰어서 1등을 했단다. 숙자도 집에 가서 다시 한 번 생각해 봐. 그리고 내일부터 열심히 해보는 거야. 그리고 숙자가 속상한 일이 있으면 일기에다 쓰면 돼. 그럼 마음이 다 풀린단다."

숙자는 선생님의 긴 이야기를 빼놓지 않고 들으려고 애썼다. 모두 다 이해할 수는 없었지만 선생님도 괭이부리말에 살

았다는 것만으로 선생님과 가까워진 느낌이 들었다. 그러나 선생님의 말은 숙자의 마음 깊은 곳에 난 상처를 쓰다듬어 주지는 못했다. 그래서 숙자는 선생님한테, 사실은 부채춤 출 때 입을 한복이 없다는 말을 하지 않았다. 운동회 때 올 사람이 아무도 없어서 아무것도 하기 싫다는 말도 하지 않았다. 일기를 쓰려고 일기장을 펴 들면 자꾸 어머니 생각이 나서 일기를 쓸 수 없다는 말도 하지 않았다.

"숙자야, 이제 가니?"

길 건너편에서 숙희네 반 영희가 숙자를 부르며 아는 체를 했다.

"우리 숙희는 안 끝났어?"

"걔, 응원단이라 응원 연습 하느라고 6시에 끝난대."

"응, 알았어. 잘 가."

숙자는 숙희라면 뭐든지 다 할 것이라는 것을 알고 있었다. 숙희는 벌써 윗집 언니한테 한복도 빌려 놓았다. 올해는 꼭 응원 단장도 할 것이라고 벼르고 있었다. 숙자는 가끔씩 그런 숙희의 욕심이 부러웠다.

숙자는 영희의 인사를 받고 터벅터벅 건널목을 건넜다. 오늘은 일찍 집에 가서 밥도 해 놓고 빨래도 할 작정이었다.

지난해까지만 해도 운동회 연습을 할 땐 마냥 즐겁고 신이 났다. 그런데 이젠 운동회 같은 것을 왜 하나 싶다. 운동회를 해도 와 줄 사람도 없고, 김밥을 싸 줄 사람도 없다.

두 달 전 숙자 어머니는 집을 나갔다. 숙자 아버지가 오토바이 사고로 사람을 크게 다치게 해서 빚을 잔뜩 졌기 때문이다.

숙자 아버지는 순하고 착한 사람이었다. 술만 먹지 않는다면 말이다. 아버지는 동네 다른 아저씨들처럼 어머니나 숙자, 숙희를 때리지는 않았다. 그렇지만 술에 취한 채 오토바이를 타고 달리다가 유리를 깨거나 벽에 머리를 박거나 해서 이리저리 꿰맨 자리가 많았다. 아버지가 술을 마신 날이면 다른 가족들은 다락에 올라가 꼼짝 않고 벌벌 떨어야 했다. 술이 깨면 아버지는 어머니에게 손이 발이 되도록 빌고 또 빌었다. 그럴 때면 어머니도 함께 울었다. 숙자는 그런 아버지, 어머니를 잘 이해할 수 없었다.

아버지는 인천항에서 일을 했다. 아버지가 하는 일은 인천항을 오가는 화물선에 짐을 싣고 내리는 일이었다. 일이 워낙 위험해서 생명 보험조차 들 수 없다고 했다.

동네에서도 아버지는 성실하고 착한 사람으로 소문이 나 있었다. 물론 그 술만 아니라면 말이다. 그런 아버지를 어머니는 늘 어린아이 다루듯했다. 어르고 달래고 혼내고…….

어머니는 언젠가 술에 취해 잠든 아버지를 보며 울면서 말했다.

"숙자야, 아빠는 가슴에 맺힌 게 너무 많아서 그렇단다. 엄마는 아빠가 불쌍해 마음이 아픈데 아무것도 해줄 게 없구나."

그러던 어머니가 언제부턴가 지쳤다는 말을 자주 했다. 더 버틸 힘이 없다고 했다. 그러다 어느 날 숙자와 숙희에게 말 한마디 없이 집을 나갔다. 동준이 어머니가 갑자기 떠난 것처럼, 그렇게 숙자 어머니도 숙자와 숙희 곁을 떠났다.

아버지가 성남에 있는 외갓집에 자주 가서 용서를 비는 것 같았지만 어머니한테서는 좀처럼 연락이 없었다.

숙자는 아버지한테 어머니 이야기를 묻지 않았다. 아버지가 없을 때 혹시 어머니한테서 전화가 오지 않을까 해서 밖에 나가 놀지도 않았다. 그리고 엄마 대신 그 빈자리를 채웠다. 빨래도, 밥도 혼자 다 했다.

그러나 숙희는 달랐다. 울기도 자주 하고 어머니 원망도 하고 아버지한테 화도 내고 떼도 부렸다. 겨우 15분 먼저 태어난 쌍둥이 언니지만 숙자는 숙희가 가엾고 불쌍했다. 집안일을 혼자 해야 할 때는 화가 나기도 했다. 그러나 숙희는 화낸다고 꿈쩍할 아이도 아니었다.

숙자는 조금씩 포기하는 게 많아졌다. 어머니가 돌아오는 것도, 숙희가 도와주는 것도, 아버지가 술을 조금 마시는 것도 다 바라지 않게 되었다.

6. 사랑하는 아빠

운동회 연습 때문에 오늘도 수업이 일찍 끝났다. 선생님은 오늘도 숙자를 부르지 않았다.

숙자는 하루 종일 지난번처럼 선생님이 불러 주기를 바랐다. 선생님이 다시 한 번만 부채춤을 추라고 하면 출 생각이었다.

5, 6교시는 수업을 하지 않고 5, 6학년들이 모두 부채춤 연습을 했다. 아이들이 부채춤을 추는 동안 숙자는 철봉 앞에서 모래 장난만 하고 놀았다. 부채춤을 추지 않으면 교실을 지켜야 하는데, 숙자는 일부러 운동장에 나와 한 시간 반 동안 내내 모래 장난을 했다. 선생님 눈에 띄고 싶었기 때문이다. 그러나 그 바람도 아무 소용 없었다.

종례 시간에도 선생님은 숙자에게 남으란 소리를 하지 않았다. 선생님은 숙자가 부채춤을 추지 않는다는 것을 아예 잊은 것 같았다.

숙자는 도리질을 하며 중얼거렸다.

"잊어버려야지, 잊어버려야지."

숙자는 어머니가 생각나거나 슬픈 생각이 나면 늘 그렇게 하는 버릇이 있었다.

혼자 교문을 나선 숙자는 집에도 가기 싫고 친구들과 놀고 싶지도 않았다. 그래서 책가방을 멘 채 터덜터덜 찻길을 따라 똥바다로 갔다. 포구에 가고 싶었다.

괭이부리말은 바닷가에 있어서 동네 끄트머리에 작은 부두와 포구가 딸려 있다. 불과 몇 년 전만 해도 포구는 동네와 바로 이어져 있었다. 괭이부리말 끝자락에 있는 똥바다 위를 지나는 기찻길을 따라가다 보면 곧장 포구에 닿을 수 있었다. 그런데 동네 한가운데로 서해안 고속 도로와 이어지는 큰 도로가 생겨 포구와 괭이부리말을 갈라놓았다. 그래서 사람들이 똥바다라고 하던 갯벌과 풀밭은 사라져 버렸다.

똥바다는 아이들에게 훌륭한 놀이터였다. 괭이부리말 아이들은 거의 다 똥바다에서 오리들과 같이 멱을 감고 놀았다. 썰물 때는 갯벌에 나가 민챙이도 잡고 게도 잡았다. 때로는 갯벌에 대 놓은 폐선에 올라가 해적 놀이도 하고, 새로 배를 짓는 목수 아저씨 주위를 뱅뱅 돌다가 대팻밥이나 톱밥을 얻어 내

나뭇조각이나 휴지 들과 함께 철길 위에 모닥불을 피워 놓고 불놀이도 했다. 만조 때 축대에 앉아 낚싯줄을 대면 가끔씩 망둥어도 잡혀 올라왔다. 꼬리 부분이 휘어지거나 허리가 휜 망둥어도 심심치 않게 잡혔는데, 똥바다를 둘러싼 공장에서 흘려 보내는 폐수 때문인 것 같았다.

그러나 이젠 목수 아저씨들도 어디론가 가 버리고, 똥바다에서 오리를 치던 할머니도 돌아갔다. 복날이 되면 그곳에서 개를 잡아 그슬리고 잔치를 벌이던 동네 어른들에게도 똥바다는 그저 추억 어린 곳일 뿐이었다.

숙자는 철길을 따라가다가 고속 도로 너머로 보이는 포구를 살펴보았다. 만조였다. 포구에는 배가 들어와 있을 터였다. 철길을 내려서서 고속 도로 고가 밑으로 들어서니 할아버지들이 모여 노란 그물을 손질하고 있었다. 큰 트럭들이 세워진 다른 쪽에서는 노랗고 빨갛게 머리를 물들인 한 무리의 아이들이 춤을 추며 놀고 있었다. 숙자는 그 무리 속에서 언뜻 동수의 얼굴을 보았지만 모르는 척했다.

밀가루 공장과 도시락 공장 사이를 돌아 비좁은 골목을 나오니 포구에는 김장용 새우젓 배들이 잔뜩 들어와 있고, 옷을 잘 차려 입은 아줌마들이 새우젓을 사기 위해 들통을 들고 서 있었다.

숙자는 포구에 오면 괜히 기분이 좋았다. 포구에 들어 온 배라고 해야 목선 열서너 채가 고작이었지만, 갑판 가득 쌓여 있는 새우와 꽃게 들을 보면 배가 두둑하게 불러 오는 것 같았다.

숙자는 어머니와 포구에 자주 왔다. 새우젓도 사고, 가끔씩은 사람들이 다 사 가고 남은 꽃게를 사기도 했다. 다리가 몇 개쯤 떨어져 나가거나 죽은 수꽃게는 살아 있는 암꽃게보다 반이나 값이 쌌다. 어머니는 꼭 장사치들이나 다른 동네에서 온 사람들이 다 살 때까지 기다렸다가 떨이로 파는 꽃게를 샀다.

또 가끔씩 아버지와 어머니는 숙자와 숙희를 데리고 조개구이를 먹으러 오기도 했다.

자꾸 어머니 생각이 나자 숙자는 괜히 왔나 보다 하고 후회했다.

좁은 포구 둑을 가득 메운 아줌마들 사이를 비집고 되돌아가려는데 뒤에서 누가 숙자를 불렀다. 아버지였다.

아버지는 바다 위로 낸 다락집에서 조개 구이 장사를 하는 뒷집 아줌마네서 술을 마시고 있었다.

"아빠, 오늘 일 안 나갔어?"

숙자는 혹시 아버지가 일도 나가지 않고 술을 마신 게 아닌가 해서 걱정이 되었다.

"오늘 짐이 많이 안 들어와서 한나절밖에 일을 못했어. 아빠 좀 쉬다가 또 나가야 돼. 저녁에 배 들어온다구 그래서…… 밥은 먹었냐?"

"그럼. 급식 먹고 왔지."

숙자는 아버지의 말에 마음이 한결 가벼워져 밝게 대답했다.

"근데 너 여긴 왜 온 거여?"

"그냥, 심심해서."

아버지는 더 묻지 않았다.

"이리 와. 여 와서 조개나 먹구 가."

아버지와 아버지 친구들은 번개탄 위에 철망을 올려놓은 식탁 주위에 둘러앉아 술을 마시고 있었다. 숙자는 아버지 곁에 쪼그리고 앉았다.

철망 위에는 갖가지 조개들이 입을 벌리고 있었다. 삐죽이, 동죽, 바지락, 모시조개, 소라, 맛조개까지. 숙자는 삐죽이를 제일 좋아했다. 아버지는 연신 숙자 앞으로 삐죽이와 맛조개를 놓아 주었다.

조갯살을 발라 먹으며 연거푸 소주잔을 비우는 아버지를 보던 숙자는 또 잔소리를 했다.

"아빠, 술 많이 먹지 말지."

"그래, 이거 한 잔만 먹고 일어나자."

숙자는 아버지와 참으로 오랜만에 기찻길을 걸었다.

"아빠, 봄에 엄마랑 숙희랑 여기 온 거 기억나?"

숙자는 지난봄 어머니 생일날, 네 식구가 조개 구이를 먹으러 기찻길을 걸어온 기억이 났다. 어머니가 집을 나간 지 두 달이 다 되어 가도록 한 번도 어머니 이야기를 꺼낸 적이 없던 숙자가 얼떨결에 어머니 이야기를 하고 말았다.

아버지는 잠시 아무 말도 없다가 숙자 손을 꼭 잡았다.

"숙자야, 요새 힘들지? 밥하구 빨래하구. 숙희 그 녀석, 하나두 안 도와주지?"

"바라지도 않아."

"내가 니한테 젤루 미안허다."

아버지는 하늘을 올려다보며 한숨을 크게 내쉬었다.

"아빠, 어제도 엄마한테 갔다 왔지?"

"아빠가 성남 간 거 어떻게 알았니?"

"아빠가 벌써 몇 번씩 갔다 온 거 다 알아."

숙자는 목구멍으로 올라오는 울음을 꿀꺽 삼켰다.

아버지는 갑자기 숙자를 번쩍 안아 올렸다.

"숙자는 어른이 다 됐구나. 다 알면서두 아빠한테 아는 척 한 번 안 하구."

숙자는 오랜만에 아버지에게 안겼다. 아버지 옷에 밴 담배 냄새, 술 냄새, 땀 냄새가 숙자의 마음을 따뜻하게 감싸 주는 것 같았다.

"아빠, 나 엄마 없어두 돼."

아버지를 위로하는 말이 아니었다. 날마다 어머니가 그리워

울다 자지만, 숙자 마음 한구석에는 어머니가 영원히 다시 오지 않을지도 모른다는 생각이 있었다.

동네 친구들 중에는 그렇게 어머니가 떠난 아이들이 많았다. 그리고 아무도 돌아오지 않았다. 숙자는 친구들처럼 어머니를 지워 가는 연습을 하기로 마음 먹고 있었다.

"난, 아빠가 술 먹지 말구, 빨리 돈 벌어서 빚 갚고 우리끼리라도 잘살면 좋겠어."

"아빠가 술 먹어두 옛날처럼 그러지는 않을 거야. 그리구 엄마 돌아올 거야. 니 엄마도 날마다 니들 보고 싶어 운다더라. 이 아빠 잘못 때문이니까, 아빠한테 화가 풀리면 다시 돌아올 거야. 아빠 때문에 니들이 너무 고생허지? 미안허다."

아버지가 너무 꽉 안고 있어 고개를 들어 아버지 얼굴을 볼 수는 없었지만, 숙자는 아버지가 울음을 참고 있다는 것을 알았다.

아버지는 숙자를 땅에 내려놓더니,

"숙자야, 우리 여기 잠깐 앉았다 가자."

하며 철길에 걸터앉았다.

숙자도 아버지를 따라 앉았다. 큰길 너머로 보이는 포구로 뒤늦게 들어오는 목선들이 보였다.

아버지는 담배를 꺼내 물더니 고속 도로를 지나는 트럭들을 멍하니 바라보며 말했다.

"숙자야, 이제 저 도로가 완성되면 저 길만 따라서 아빠 고향까지 갈 수 있단다."

"정말? 그럼 저 길이 당진까지 가는 거야?"

"그럼. 얼마 안 있으면 저 도로가 목포까지도 이어질 거야."

"아빠, 고향에 가구 싶어? 할머니랑 큰아빠들 다시는 안 본다며?"

"……."

아버지는 숙자의 물음에는 대답을 하지 않았다. 그 대신 점퍼 주머니에서 담배를 한 대 더 꺼내 물고는 한숨 섞인 말투로 말을 이었다.

"아빠가 인천에 온 지도 15년이 넘었구나. 여기서 니네 엄마도 만나고 니들도 낳고 했는데…… 중학교만 졸업하고 인천으로 왔을 땐 열심히 일해서 돈도 벌구 학교도 가려구 그랬는데. 그래서 당당하게 계모 앞에 서고 싶었는데…… 그런데 날이 갈수록 더 초라해지기만 하네. 숙자야, 이 아빠도 고생 많이 했다. 처음 인천에 왔을 땐 안 해본 게 없어. 짜장면 배달두 해보구, 카센터에서 심부름도 해보구, 경양식 집에서 음식도 나르구. 그렇게 3년을 보내다가 가스 배달을 했지. 가스 배달을 하던 어느 겨울에 동인천역 앞에서 니 엄마를 처음 봤어. 그때 니 엄마는 강원도에서 고등학교를 다니다가 겨울 방학 때 몰래 집을 나온 거였지. 아빠처럼 돈을 벌려구 도시로 온 거야. 동인천 지하상가 입구에서 발을 동동 구르는 니 엄말 보니까 첫눈에 시골에서 온 처녀란 걸 알겠더라구. 그래서 나쁜 사람들이 꼬셔 가기 전에 이 아빠가 가서 구해 줘야겠다구 생각했어. 그때 니 엄마, 얼마나 이뻤는지 몰라. 근데, 그 이쁘고 착한 니 엄마를 데려다 고생만 시키고, 게다가 니들한테까지……."

아버지는 말을 끝맺지 못하고 굳은살이 박인 큰 손으로 얼굴을 감쌌다. 조금씩 조금씩 울음소리가 새어 나오기 시작했다. 부둣가에서 무거운 짐들을 거뜬히 들고 나르던 아버지의 단단한 어깨가 허물어지고 있었다.

숙자는 일어나 아버지 뒤로 가서 아버지의 어깨를 껴안았다. 아버지의 넓은 어깨를 감싸 안기에는 숙자의 팔이 아직은 짧고 가냘팠지만, 숙자는 아버지의 어깨를 힘껏 껴안았다. 그리고 속으로만 말했다.

'엄마가 너무했어. 엄마가 미워. 조금만 더 참지, 조금만 더…….'

7. 돌아온 엄마

운동회가 사흘밖에 남지 않았다.

아버지는 똥바다에서 숙자와 약속한 뒤 술을 마시지 않았다. 어머니가 있는 성남에도 더 자주 가는 것 같았다. 그리고 어젯밤에는 운동회 날 오겠다고 약속까지 했다. 부채춤은 영영 못 추게 됐고 계주도 못 나가고 응원석만 지키게 됐지만 숙자는 이제 운동회 날이 기다려졌다.

숙희는 기어코 응원 단장이 되어 날마다 밤 늦게까지 친구네 집에서 연습을 하고 왔다. 숙자는 은근히 숙희가 부러웠다. 덕분에 집안일이 몽땅 숙자 몫이 된 것도 속상했다. 오늘도 응원 연습을 한답시고 숙자에게 체육복 빨래를 부탁했다. 마음 같아서는 싫다고 하고 싶었지만 숙자는 아무 말도 못했다.

숙자는 집 앞에 와서 목에 건 열쇠를 꺼내 들고 문을 열려고 했다. 그런데 문이 열려 있었다. 문 옆을 돌아 벽을 살펴보았지만 아버지 오토바이도 보이지 않았다.

"내가 아침에 분명히 잠그고 갔는데……."

숙자는 문을 밀고 마루 위로 올라가 방문을 열었다. 방이 깨끗하게 치워져 있었다. 다시 마루로 나와서 싱크대며 냉장고를 살폈다. 깨끗했다. 이건 다른 사람이 아닌 어머니의 솜씨였다.

숙자는 신발도 제대로 신지 않고 다시 밖으로 나왔다. 골목을 이리저리 살피고는,

"어떻게 된 거지? 내가 뭘 착각하나?"

하고 다시 부엌으로 갔다. 한 번 더 싱크대 문을 열고 이리저리 살폈다. 분명히 아침에 숙자가 정리해 놓은 대로 되어 있지 않았다.

숙자는 또 밖으로 나왔다. 가슴이 콩닥콩닥 뛰기 시작했다.

'엄마가 진짜 온 걸까?'

숙자는 운동화 뒤꿈치를 꺾어 신은 채 집 앞을 서성거렸다.

그런데 어머니가 골목 끝에서 걸어오고 있었다. 손에는 배추 한 묶음과 시장 바구니가 들려 있었다. 틀림없이 어머니였다. 두 달 만에 보는 어머니를 못 알아볼 리는 없었지만 숙자는 믿기지가 않았다. 숙자는 몇 번이고 눈을 비비고 다시 보았다.

"숙자, 학교 갔다 왔구나!"

어머니가 멀리서 큰소리로 말했다. 숙자는 아무 대답도 못했다.

어머니는 집 앞에 오더니 시장 바구니와 배추를 내려놓고 숙자를 꼬옥 껴안았다. 숙자는 어안이 벙벙했다. 아무 말도 못하고 눈만 멀뚱멀뚱 뜨고 있는 숙자를 보더니 어머니가 말했다.

"숙자는 엄마 돌아온 게 반갑지 않나 부다."

어머니는 땅바닥에 무릎을 꿇고 앉아 숙자의 양팔을 잡고 숙자를 올려다보며 말했다.

"숙자야, 엄마 온 게 안 반가워?"

"……."

숙자는 고개를 저었다. 마음속으로는 '엄마!'라고 크게 부르며 와락 달려들어 울고 싶었다. 하지만 마음뿐이었다. 숙자는 그냥 어머니의 눈만 뚫어지게 쳐다보았다.

어머니는 고개를 돌려 눈물을 훔치더니 다시 웃는 얼굴로 말했다.

"숙자야, 엄마 김치 담글 건데 도와줄래?"

"……."

그래도 숙자는 아무 대답도 못했다. 그냥 목구멍에서부터 울음만 울컥울컥 넘어오고 있었다. 그러나 소리 내어 울지 않았다.

어머니는 시장 바구니와 배추 꾸러미를 들고 먼저 집으로

들어갔다.

숙자는 천천히 물어보기로 했다. 어머니가 왜 다시 왔는지, 또 가지는 않을 건지.

숙자는 어머니가 돌아온 게 기쁘고 반가웠지만, 왠지 예전처럼 어머니한테 매달리거나 어리광을 부릴 수 없었다. 오히려 어머니 눈치를 자꾸 보게 되었다. 학교에 갔다 오면 날마다 어머니 주위를 빙빙 돌다가, 방도 치우고 설거지도 하고 안절부절못했다.

그러나 숙희는 달랐다. 어머니를 처음 본 순간 숙희는 어머니 목덜미를 부여잡고 한참을 울었다. 잘 때도 어머니 옆에 꼭 붙어 자려고만 했다. 숙희는 어머니한테 매달려 떡볶이를 해달라, 돈가스를 해달라 날마다 졸라 댔다.

숙자는 그럴 때마다 마음을 졸였다. '저러다 어머니가 힘들어져서 또 집을 나가면 어떡하지.' 하는 생각에 숙희가 떼를 쓰면 먼저 나서서 입을 막았다.

숙자는 잠도 잘 오지 않았다. 어머니가 집에 없을 때보다 더 잠을 못 잤다. 숙자가 잠들었을 때 갑자기 어머니가 또 가 버릴 것만 같았다.

그렇게 잠을 못 자던 숙자는 며칠 전 우연히 어머니와 아버지가 나누는 이야기를 들었다.

"숙자는 두 달 만에 어른이 된 것 같애요."

어머니의 나지막한 소리가 들리자 숙자는 잠을 자지 않고 있는 것을 들킬까 봐 숨도 제대로 쉬지 못했다.

"그렇지? 녀석이 당신 대신 집안일 하느라구 고생 많았어."

"그것두 그렇구, 숙자는 내가 온 게 별루 안 좋은가 봐."

"그게 무슨 소리여?"

아버지가 불뚝 성을 냈다. 그러자 어머니는 더 낮은 소리로,

"애들 깨겠어요, 조용히 해요. 휴우, 왠지 그냥 그런 느낌이 자꾸 드네. 숙희는 와서 매달리기도 하고 옛날처럼 어리광도 피우는데 숙자는 자꾸 내 눈치를 보는 것 같어."

하고 말했다.

"숙자가 속이 깊어서 그렇지. 걔가 얼마나 엄말 그리워했는지 당신은 몰라."

"어째 쌍둥이래도 저렇게 다를까? 숙자는 당신 꼭 닮구 숙희는 날 닮았나 봐."

한숨 소리에 이어 들리는 어머니의 목소리에는 숙자에 대한 섭섭함이 배어 있었다.

숙자는 자기 마음을 몰라주는 어머니가 야속했다. 그래서 자꾸 눈물이 나왔다. 베개가 축축이 젖어 왔다.

"내 죄가 많어. 나 때문에 당신도 고생허고 아이들도 상처만 입고. 당신이라도 애들한테 잘해. 숙자한테두 잘해 주구."

아버지는 또 자신 탓을 했다. 아버지는 늘 그랬다. 술 먹고 난 다음 날도, 어머니와 싸운 날도 모든 것을 자기 탓으로 돌렸다. 숙자는 괜스레 아버지한테 원망스런 마음이 들었다.

'그래, 아빠 때문이야. 아빠가 잘하면 내가 엄마 눈치도 안 보고, 엄마가 집 나갈까 봐 걱정도 안 하잖아.'

숙자는 아버지와 어머니가 잠들고 나서도 한참을 울다 잠이 들었다.

"숙자야, 숙희야, 일어나야지. 너네 운동회 안 갈래?"

숙자는 잠결에 어머니가 깨우는 소리를 들으니 기분이 좋아졌다. 숙자는 벌떡 일어나 앉았지만 숙희는 여전히 요에 얼굴을 파묻고 꿈쩍도 안 했다. 숙희는 어머니가 방에 들어와 엉덩이를 몇 번 툭툭 때려야만 일어났다. 숙자도 아주 가끔씩은 그렇게 어리광을 부리고 싶었다. 그러나 늘 마음뿐이었다.

세수하려고 부엌 바닥으로 내려가니 수돗가 한쪽에 마늘이 담긴 주황색 주머니가 쌓여 있었다.

숙자는 밥상을 차리는 어머니를 돌아보며 물었다.

"어? 엄마, 마늘 깔 거야?"

"그래, 새벽에 받았어. 근데 요즘엔 마늘 까는 값이 더 내렸네. 저거 세 포대 까 봐야 얼마 안 되겠어."

어머니의 말을 들으며 숙자는 기분이 좋았다. 일을 하려는 것을 보니 어머니가 다시 집을 나가지는 않을 것 같았기 때문이다.

그러나 아버지 손에 이끌려 눈곱을 떼며 나온 숙희는 냄새를 맡자 짜증부터 냈다.

“에이, 엄마, 마늘 깔 거야?”

어머니는 김밥을 도시락에 담던 손을 멈추고,

“왜? 숙희는 싫어?”

한다.

“그럼 싫지. 집에서 마늘 냄새 나구, 더럽구, 싫어.”

“엄마가 마늘이라도 까야 반찬값이라도 벌지.”

어머니가 숙희를 달래는데,

“왜 그건 들여 놨어. 홑몸도 아니면서…….”

하고 냉장고에서 김치를 덜어내던 아버지가 어머니를 타박했다.

‘홑몸도 아니라구?’

아버지 말에 숙희는 깜짝 놀란다.

“아빠, 그게 무슨 말이야?”

숙자도 놀라서 마루로 올라와 아버지 앞에 가 앉으며 물었다.

“니들한테 우리가 얘길 안 했나? 엄마 배 속에 아기 있다.”

숙자는 어머니를 보았다.

‘그랬구나. 그래서 엄마가 다시 돌아온 거구나.’

숙자는 자기도 모르는 사이 크게 한숨을 쉬었다. 그러고 나니 꽁꽁 닫혀 있던 마음의 창문이 활짝 열리는 것 같았다. 어머니가 아기를 가졌다는 사실은 어머니가 이제 다시 집을 나가지 않을 것이라는 것과 똑같게 느껴졌다.

숙자는 마음이 가벼워져 아침밥을 먹는 내내 수다를 떨었다. 그런 숙자를 보며 아버지, 어머니도 기뻐했다. 사실 아버지와 어머니는 숙자, 숙희보다 열두 살이나 어린 동생을 본다는 게 부끄럽기도 하고 걱정도 많았던 것이다.

가방을 메고 집을 나서며 숙희는 어머니한테,

"엄마, 아빠, 운동회에 오지도 마."

하며 문을 쾅 닫았다. 숙희는 길을 걸으면서도 발에 걸리는 대로 돌부리를 걷어찼다.

"너 왜 또 심술 부려?"

숙자는 숙희가 왜 그렇게 화가 난 건지 궁금했다.

"넌 엄마가 아기 날 거라는 게 좋아?"

"그럼, 나쁠 게 뭐 있어?"

"난 싫어. 아우, 창피해."

숙희는 심하게 도리질을 치며 성깔을 부렸다.

"치, 너두 생각해 봐. 엄마가 다시 온 건 우리 때문이 아니라 임신했기 때문이라구. 아유, 기분 나빠."

숙희는 분이 풀리지 않는 듯 학교 가는 길 내내 투덜투덜댔다.

그러나 숙자는 자꾸만 웃음이 나왔다. 마음이 무척 가벼워 조금만 뛰면 하늘을 날 것 같았다. 숙자는 학교에서 동준이를 만나 빨리 이 이야기를 하고 싶었다.

'우리 엄마는 이제 집 안 나갈 거야. 절대로.'

8. 영호, 동수와 동준이를 만나다

영호는 어머니를 화장한 뒤 보름 동안 아무 일도 하지 않았다. 집 안에만 틀어박혀 꼼짝 않고 있었다. 보름이 지나고 나서야 어머니가 유언한 대로 어머니 물건이며 어머니가 돌아가기 전까지 버리지 않고 다락에 쌓아 둔 것들을 다 끌어 내렸다. 웬만한 물건은 다 태워 버리거나 쓰레기로 내놓았다. 남긴 것은 앨범 하나뿐이었다. 앨범을 반도 채우지 못한 아버지, 어머니의 사진들을 다시 정리했다.

그러고 나서 영호는 일자리를 구하러 나섰다. 그러나 워낙 불경기라 일자리를 얻기가 힘들었다. 영호의 일터인 건축 현장은 그 중에서도 제일 경기가 나빴다. 영호는 친구들이나 함께 일하던 아저씨들에게 일자리를 부탁해 놓았지만 소식이 없었다.

영호는 일자리를 찾는 틈틈이 태권 도장에 가서 운동도 해 보고 영화도 보러 다녔지만 마음잡기가 쉽지 않았다.

영호는 오늘도 십장 아저씨를 만났다. 백화점에 가서 굴비도 한 두름 사서 넣어 주었다.

10월이 되자 좀처럼 가을답지 않게 덥던 날씨도 제법 쌀쌀해졌다. 큰길가의 은행나무도 초록빛이 조금씩 바래 가고 있었다. 큰 트럭들이 검은 배기가스를 푹푹 내뿜으며 내달리는 바람에 괭이부리말의 은행나무들은 노랗게 단풍이 들기도 전에 끝이 누렇게 타들며 시들어 가고 있었다. 영호는 노랗게 물들 새도 없이 병들어 가는 은행나무들을 보자 마음이 더 심란해졌다.

영호네 집으로 올라가기 위해 '해님 슈퍼'를 돌아 언덕을 오르면 커다란 붉은 벽돌 교회가 떡 버티고 서 있다. 영호는 언덕을 오를 때마다 눈앞을 가로막는 교회를 보면 화가 치밀었다.

영호가 아직 어리고 교회가 마을과 어울릴 만큼 작던 시절, 영호도 교회에 열심히 다닌 적이 있었다. 교회에 가서 우리 집도 부자가 되게 해달라고, 제발 수학 공부 좀 잘하게 해달라고 간절히 기도를 했다. 물론 그 기도는 한 번도 이루어진 적이 없었다.

교회는 마을 한가운데에 있었지만 일요일 아침이 되면 다른 동네에서 오는 신자들이 더 많았다. 어른들 말로는 교회 목사님의 안수 기도가 용하다는 소문이 짜하다고 했다. 그래서 일요일 아침만 되면 동네 어귀의 소방 도로가 승용차로 가득 찼다. 밖에서 온 사람들은 동네 사람들보다 안수 기도도 더 많이 받고 교회의 집사도 되고 장로도 되었다. 괭이부리말 사람들은 교회 안에서 점점 주눅이 들어 갔다. 예배 시간이 되면 다른 동네에서 온 사람들과 괭이부리말 사람들이 갈라 앉았다. 아이들도 서로 패가 갈렸다. 다른 데서 온 아이들은 괭이부리말 아이들과 절대 놀지 않았다. 영호와 영호 친구들은 누가 먼저랄 것도 없이 교회 다니기를 그만두었다.

몇 년 전 교회는 교회 앞에 있던 판잣집들을 헐고 커다랗게 새 건물을 지었다. 건물만 큰 게 아니라 큰 십자가가 달린 철탑도 두 개나 되었다. 밤이 되면 철탑 위의 십자가는 충혈된 눈동자처럼 붉은빛을 띠고 밤새 괭이부리말을 내려다보았다.

철이 들고 나서 영호는 교회가 '부자가 되게 해달라, 공부를 잘하게 해달라.'고 기도하는 곳이 아니라는 것을 알게 되고, 진짜로 하느님이 부자들의 소원만 들어준 것은 아니라는 것도 알게 되었다. 하지만 영호는 코딱지만한 괭이부리말을 다스리는 봉건 영주처럼 동네 꼭대기에 떡 버티고 서 있는 교회에 정이 가지 않았다.

요즘처럼 외롭고 힘들 때 영호는 어디서든 위로를 받고 싶었다. 저 교회에라도 들어가 엎드려 기도를 하고 싶었다. 그러나 영호는 큰 교회의 문을 열고 들어갈 용기가 없었다. 오히려 교회 앞에만 가면 더 주눅이 들었다.

교회 앞 빈터에는 빌라를 짓는다더니, 몇 달째 부서진 집 더미들만 가득 쌓여 있었다. 교회 옆에는 짓다가 만 빌라 공사장이 방치되어 있었다. 건축 경기가 형편없다는 것이 실감이 났다.

공사장을 지나치는데 무슨 소리가 들렸다. 술에 취한 사람들 소리 같기도 하고 아이들 소리 같기도 했다. 영호는 조금 망설이다가 공사장으로 들어갔다. 거기엔 고등학생쯤 되는 남자아이 둘이 나란히 누워서 뭐라고 중얼대고 있었고, 옆에는 비닐 봉투가 버려져 있었다. 아이들은 본드에 취해 눈도 제대로 뜨지 못했다.

영호는 두 아이의 뺨을 사정없이 때려 일으켜 세웠다. 그리고 비틀거리는 아이들을 끌고 공사장을 나와 집으로 데리고 들어갔다. 아이들은 정신이 없는 상태에서도 영호 주먹의 기세에 눌려 큰 반항을 하지 않았다.

영호는 아이들을 부엌 바닥에 세워 놓고 호스를 대어 물을 끼얹었다. 그러고는 추워서 덜덜 떠는 아이들의 몸을 수건으로 닦아 주고 나서 이불을 뒤집어씌워 주고는 보리차를 끓였다. 그리고 마주 앉아 두 아이가 물 한 주전자를 다 마실 때까지 기다렸다.

물을 다 마시더니 아이들은 벽에 어깨를 기대고 앉았다.

영호는 한참 동안 아이들만 지켜보고 있었다.

정신이 조금 들자 키가 크고 마른 아이가 먼저 입을 열었다.

"아저씨, 경찰은 아니죠?"

"그래."

"그럼 아저씨, 우리 밥 좀 줘요."

영호는 기가 막혔다. 그렇지만 곧 라면을 끓여 내 왔다. 아이들은 순식간에 한 냄비를 다 비웠다.

"우리 통성명이나 하자."

영호는 설거지를 마치고 돌아와 아이들에게 말을 건넸다.

"나는 박영호다."

찌무룩한 표정으로 앉아 있던 아이들은 서로 눈치를 살피더니 하나씩 입을 열었다.

"저는 이동수예요."

"저, 저는 허, 허, 명환이에요."

영호는 집이 어딘지, 부모님은 있는지, 학교는 다니는지를 물었다. 그러나 왜 본드를 했는지는 묻지 않았다. 밤 10시가 넘어 정신이 드는 것 같자 아이들을 데리고 집을 나왔다.

밤이 되자 제법 가을 날씨가 느껴져 영호는 트레이닝복 웃옷의 지퍼를 목 끝까지 올렸다. 동수가 아직도 반팔 차림인 것이 그제야 보였다.

"안 춥니?"

영호의 말에 동수는 얼른 자신의 옷차림을 내려다보았다.

"아, 아뇨."

아마도 동수는 그제야 자기가 반팔 옷을 입고 있다는 것을 깨달은 것 같았다.

영호는 그런 동수를 보며 처음으로 본드 이야기를 꺼냈다.

"봐라, 너, 정신없는 거. 본드란 게 네 정신을 점점 망가뜨릴 거야. 나중엔 몸까지 맘대로 할 수 없게 만든다구."

동수와 명환이는 서로 어두운 얼굴로 마주 보았지만 아무 말도 하지 않았다. 영호도 더 말을 하지 않았다.

집이 화수동이라는 명환이는 동네 어귀까지 데려다주고 동수를 앞세워 동수네 집으로 갔다.

영호는 철거된 집터에 동그마니 혼자 남은 동수네 집 앞에 서자 갑자기 마음 한구석이 축축이 젖어 들어왔다.

"어서 들어가. 나도 따라 들어갈 거니까."

영호는 집에 들어가지 않고 머뭇거리고 서 있는 동수에게 말했다.

"아저씨가 여길 왜 들어오겠다구요?"

갑자기 동수가 볼멘소리로 말했다.

"얌마, 너도 우리 집에 들어와 라면까지 먹고 나왔잖아. 나도 니 집에서 물이라도 한 잔 얻어먹고 가야겠다, 왜?"

영호는 문 앞에 버티고 서 있는 동수를 떠밀고 먼저 들어갔다.

"형? 형이야?"

새카맣고 눈만 동그란 남자아이가 방 안에서 불쑥 고개를 내밀었다.

영호는 뒤를 돌아보고 물었다.

"재가 니 동생이냐?"

"네."

동준이는 방에서 나와 부엌 마루 끝에 서서 영호를 빠끔히 내다보더니,

"어, 이 아저씨 유도 아저씨잖아?"

했다.

"유도 아저씨라구? 너 나 알아?"

영호는 놀라며 되물었다.

"아저씨가 저번 날 교회 앞에서 형아들 싸울 때 말렸잖아요."

"오호라, 그때 가라고 해도 안 가고 구경한 애들 중 하나구나."

동수는 문 앞에서 여전히 못마땅한 표정으로 두 사람의 대

화를 듣고 있었다.

영호는 신발을 벗고 아예 마루 위로 올라가 앉더니,

"야, 뭐 해, 이동수. 빨리 물이나 줘."

하고 말했다.

동수는 마지못해 마루로 올라와 수돗물을 틀어 밥그릇에 물을 담아 왔다.

물을 마시는 영호를 뚫어지게 바라보다가 동준이는,

"아저씨, 엄마 돌아가셨죠?"

하고 물었다. 영호는 다짜고짜 어머니 이야기를 꺼내는 동준이를 바라보다가 웃으며 고개를 끄덕였다.

"그건 또 어떻게 알았니?"

영호의 말에 동준이는 어깨를 으쓱해 보이며,

"그냥 다 알아요, 우리는."

했다.

"우리?"

"네, 숙자랑 숙희랑 나랑요."

영호는 빙긋이 웃으며 동준이를 바라보았다. 얼굴은 새까맣고 군데군데 허옇게 버짐이 피어 있지만 눈망울만은 반짝반짝 빛나는 동준이가 마음에 쏙 들었다.

"뭘 봐요?"

동준이가 무안해하며 묻자 영호는 웃으며,

"니네 집 애들은 형이나 동생이나 다 이렇게 버릇이 없냐?"
하고 나서 다시 동준이에게 다정하게 물었다.

"너, 저녁은 먹었니?"

동준이는 동수의 눈치를 살피며 고개를 살래살래 저었다.

"그럼 점심은 먹었어?"

"학교에서 급식 먹었는데요."

"그으래? 요즘 너네 급식하니?"

"네, 옛날부터 했는데요."

"그럼 아침은 먹었니?"

"원래, 아침 안 먹는데요."

영호가 꼬치꼬치 묻자 동준이는 깐족이던 모습은 사라지고 금세 시무룩해져서는 고개를 숙이고 묻는 말에만 퉁명스레 대답했다.

영호는 일어나 부엌을 둘레둘레 살폈다. 그러고는 싱크대로 가서 설거지통도 살피고 찬장도 뒤져 보았다.

"이건 뭐야?"

가스레인지에 올려 있던 프라이팬 뚜껑을 열다가 영호는 자지러지게 놀랐다. 언제 뭘 먹고 설거지를 안 해 놓았는지 음식 찌꺼기 위에 파리가 알을 까서 구더기가 꿈틀대고 있었다.

"야, 니들 여기다 뭐 해 먹은 거야?"

동준이와 동수는 대답 없이 서로 마주 보고 씩 웃고 말았다.

영호는 부산하게 손을 놀려 부엌살림을 정리했다. 냄비를 들 때나 양념통을 들어낼 때 영호의 엄지손가락만한 바퀴벌레들이 툭툭 튀어나왔다. 밟아 죽이기도 징그러울 만큼 큰 바퀴벌레들이 동수, 동준이와 더불어 사는 유일한 생명이었다.

영호는 설거지통에 그릇을 잔뜩 쌓고 설거지를 시작했다. 그런데 갑자기 쿵 하는 소리가 나더니 개수대를 받치고 있던 다리가 무너져 내려 개수대가 한쪽으로 기울어져 버렸다. 싱크대가 너무 낡아 압축 톱밥으로 만든 받침대가 삭아 쓰러져 버린 것이다.

그 모습을 보고 동준이와 동수는 그저 재미있다는 듯이 킥킥대며 웃고만 있었다.

영호는 그런 아이들을 보며 화가 나기보다는 한없이 안쓰러웠다. 이런 집에 아이들을 그냥 두고 가면 안 될 것 같았다. 더구나 동네 한구석에 외딴집이 되어 버린 이 집은 동수가 다시 본드를 불기에 안성맞춤이었다.

영호는 동준이와 동수에게 말했다.

"야, 니들 짐 싸."

9. 새로운 가족

영호는 아침마다 동준이가 학교 갈 시간에 맞춰 아침을 준비하는 일이 마냥 즐거웠다. 동준이와 동수를 깨워 밥상 앞에 앉으면 어머니가 살아 있을 때처럼 마음이 따뜻해졌다.

동준이는 영호네 집에 온 지 얼마 되지 않아서 얼굴에 드리워 있던 그늘도 지워지고 버짐도 조금씩 없어졌다. 가끔씩 영호에게 장난을 걸어 오기도 했다. 그러나 동수는 영호에게 좀처럼 곁을 주지 않았다. 동수가 본드를 하지 않도록 밖에 나가지 못하게 하는 것이 제일 어려운 일이었다. 영호는 날마다 동수와 실랑이를 벌여야 했다.

일을 하지 않고 지낸 지 두 달이 가까워 오고 있었다. 며칠 전, 같이 일하던 아저씨한테서 함께 충주에 가서 일하지 않겠

냐는 연락이 왔지만 다시 동수와 동준이만 남겨 놓을 수 없어 거절을 한 터였다. 이제 생활비도 다 떨어져 가고 있다.

아침밥을 먹다가 영호는 동수에게 조심스레 물었다.

"너 학교 언제 그만뒀어?"

"그건 왜 물어요? 어차피 그만둔 학굔데."

"내가 알아봤더니 복학할 수도 있다던데."

"다시 갈 것 같으면 그만두지도 않았어요."

"혹시 퇴학이 아니라 자퇴처럼 한 거면 다른 고등학교로 갈 수도 있대."

"관심 없어요. 왜 자꾸 귀찮게 굴어요."

동수는 숟가락을 던지며 성깔을 부리더니 일어나서 안방으로 들어가 라디오를 있는 대로 크게 틀었다.

영호는 동준이를 학교에 보낸 뒤 안방으로 들어가 라디오를 껐다.

"너, 나랑 얘기 좀 하자."

"에이 씨, 며칠 밥 먹여 주구 재워 줬다구 유세하는 거예요? 왜 간섭이에요?"

동수는 벌떡 일어나 영호를 밀치더니 밖으로 나가 버렸다. 영호가 붙잡을 새도 주지 않았다.

영호는 동수가 나간 뒤 한참을 생각했다.

'내가 왜 이 아이들 일에 끼여들고 있는 거지? 정말 먹여 주

고 재워 줬다는 이유로 이 아이들 일에 간섭할 자격이 있나?'

"동준아, 동준아."

동준이는 숙자와 숙희가 자기를 부르며 뛰어오는 것을 알면서도 대답도 않은 채 땅만 보고 걷고 있다.

숙희가 먼저 동준이 곁으로 다가와 팔짱을 꼈다.

"너 삐쳤냐?"

동준이는 대답은 않고 숙희의 팔을 매몰차게 빼 버렸다. 조금 늦게 온 숙자도 동준이 옆에 섰다.

"동준아, 너 왜 그래?"

숙자가 다정하게 물었다. 동준이는 숙자에게 아무 일도 아니라고 말하고 싶었다. 그렇지만 숙희가 동준이의 입을 막아 버린다.

"얘, 삐쳤어."

"왜?"

숙자는 숙희를 보며 물었다.

"내가 동준이는 엄마, 아빠도 없는 애라구 했다구 삐쳤어."

"왜 그런 말을 하니? 하여간 너는……."

숙자는 얼굴빛을 붉혀 가며 숙희를 나무랐다.

"얘가 먼저 울 엄마 임신했다구 소문 퍼뜨렸단 말야."

숙희가 볼을 부풀리며 불퉁스럽게 말했다.

"넌 엄마 임신한 게 뭐 어때서 자꾸 그래."

숙자는 동준이의 표정을 살폈다.

"난 안 괜찮아. 쪽 팔린다구. 지가 먼저 내 기분 잡쳐 놓고 쩨쩨하게 삐치고 있어."

숙희가 샐쭉해진 얼굴로 동준이를 보며 볼멘소리를 하자 동준이는 숙희에게 얼굴을 바짝 들이대며 따졌다.

"너네 엄마 임신했다고 말한 게 그렇게 큰 잘못이야? 숙자는 좋다구 그랬단 말야. 그래서 나두 희철이한테만 얘기한 거라구. 근데 넌 교탁에 올라가서 애들 다 들으라구 소리 질렀잖아. 이제 내가 아빠도 없는 애라는 걸 반 애들이 다 알잖아."

동준이의 목소리가 떨렸다. 그걸 본 숙자는 난처한 얼굴을 하고 숙희의 옆구리를 찔렀다. 그러나 숙희는 아랑곳 않고 여전히 표독스럽게 동준이한테 쏘아붙였다.

"그게 뭐 어때서? 너네 엄마, 아빠 없는 거 사실인데, 그게 뭐 어때서?"

"자기네는 이제 엄마, 아빠 다 있다구 잘난 척하구 있어. 지네 엄마 없을 땐 안 그래 놓고 이젠 날 무시하구 있어."

동준이는 그만 울음을 터뜨렸다. 동준이가 울자 이번엔 숙희도 움찔했다. 동준이는 아버지가 집을 나간 지난봄에도 울지 않았다. 늘 속없는 아이처럼 잘 웃고 좀처럼 화를 내지 않았다. 그런 동준이가 울음을 터뜨리자 숙희도 당황스러웠다.

동준이가 쉽게 울음을 그칠 것 같지 않자 점점 난처한 얼굴을 하던 숙희는 동준이 코앞에다가 머리를 디밀며 말했다.

"야, 야, 그렇게 억울하면 울지 말고 차라리 날 때려라, 때려."

동준이는 그런 숙희를 한 번 노려보더니 말리는 숙자의 손도 뿌리치고 뛰어가 버렸다.

동준이는 오랜만에 집 앞에 섰다. 영호네 집에서 지낸 뒤 처음 와 보는 것이다. 불과 열흘 남짓 지났는데도 사람이 오랫동안 살지 않은 집 같았다. 동준이는 혹시 편지라도 온 게 없을까 하고 문틈 사이로 부엌을 들여다보다가 목에 걸고 다니던 열쇠를 꺼내 문을 열었다. 혹시 다녀간 사람은 없는지, 아버지가 다녀간 흔적은 없는지 둘러보았다. 내려앉은 싱크대도, 큰 바퀴벌레도 모두 그대로였다. 마루 밑에 쌓인 우편물들은 전기세, 수도세 고지서뿐이었다.

동준이는 마루에 앉았다. 그리고 참으로 오랜만에 아버지 생각을 했다. 보고 싶었다. 그러나 동준이는 이내 보고픈 아버지의 얼굴을 마음 깊이 눌러 넣어 버렸다. 어머니가 보고 싶을 때도 늘 그렇게 했다. 그 버릇은 이미 동준이가 여섯 살이던 때부터 길들여 놓은 것이다.

동준이는 숙자 어머니가 다시 온 뒤 자꾸만 마음 한구석이 쓸쓸해졌다. 숙자, 숙희와 노는 것도 뜸해졌다. 그런 데다 오늘 숙희 앞에서 울어 버리기까지 한 것이 너무 속상했다. 그동안 잘 참아 온 것이 일시에 다 무너진 것 같아 창피하고 억울했다.

동준이는 갑자기 영호 삼촌이 보고 싶었다. 영호네 집으로 가서 영호 삼촌하고 레슬링이라도 신나게 한판 해야겠다고 생각했다. 동준이는 자꾸 슬퍼지는 마음에서 벗어나고 싶었다. 그래서 서둘러 집을 나와 열쇠로 문을 잠갔다. 그리고 영호네로 뛰어갔다.

이제 겨우 열흘밖에 함께 살지 않았지만 동준이는 영호 삼촌이 어머니보다도, 아버지보다도 더 가깝게 느껴졌다. 자다가 영호 삼촌의 통나무같이 굵고 무거운 다리에 깔려 숨이 막힐 때도 있고 발로 차여 아래턱이 얼얼할 때도 있지만, 길고 긴 밤을 함께 지낼 사람이 있다는 게 그저 좋았다. 어쩌다 영호 삼촌이 먼저 잠들어 코고는 소리가 요란할 때도 동준이는 그 소리가 마치 자장가처럼 들렸다. 그런데 요즘 형이 다시 집에 안 들어오는 것이 불안했다. 혹시라도 형 때문에 영호 삼촌과 못 살게 될까 봐 걱정이 되었다.

현관 문을 여니 신발이 두 켤레 놓여 있는데 영호 신발은 없다. 동준이는 갑자기 이상한 느낌이 들었다. 방문을 여니 동수와 명환이가 있었다. 본드 냄새가 방 안 가득했다. 명환이는 벽에 기대 눈을 감고 있었고 동수는 누워 있다가 일어나 앉았다.

동준이 생각대로 동수는 눈동자가 다 풀려 있었다.

“형, 뭐야?”

동준이는 화가 났다. 이 모습을 영호 삼촌이 볼까 봐 걱정이 됐다. 동준이는 얼른 창문을 열면서 울상을 짓고 말했다.

“형, 이게 뭐야. 삼촌한테 들키면 어쩌려구.”

“뭐가 뭐야, 이 짜아식아.”

동수는 혀가 풀린 소리로 말했다.

“이제 형, 그러지 않기로 했잖아.”

“그래, 오늘 따아악 한 번만 한 거야. 이 형이 너무 괴롭고 생각할 게 좀 있어서 그랬다, 이거야.”

동수는 천천히 말을 하더니 그대로 다시 방에 누워 버렸다.

그때 영호가 들어왔다.

방을 휘휘 둘러보는 영호의 얼굴이 붉으락푸르락하더니 곧 누워 있는 동수에게로 가 불끈 화를 냈다.

“이 새끼, 너 일어나.”

그래도 동수가 꿈쩍 않고 누워 있자 영호는 동수의 옆구리를 걷어찼다. 동수가 정신이 들 때까지 계속 걷어차며 욕을 해댔다.

동준이는 잠시 멍하니 있다가 영호의 팔을 잡고 매달렸다.

"삼촌, 형이 속상한 일이 있었대요. 그래서 딱 한 번만 한 거래요."

"속상한 일? 그래 임마, 그게 뭐야? 니까짓 게 뭐가 그렇게 속상한 게 많아서 또 본드를 불었어, 엉?"

영호는 조금 전보다 더 화가 난 소리로 물었다. 동수는 천천히 일어나 앉더니 명환이를 건너다보며 말했다.

"누구는 뭐 들어오고 싶어 들어왔는 줄 알아? 난 저 새끼만 여기다 데려다 놓고 나갈 거였다구."

영호는 동수의 말에 명환이를 힐끗 돌아보고 다시 동수에게 다그쳤다.

"웃기는 놈이네, 정말. 너 누구 맘대로 쟬 데려오고 너는 나간다고 하는 거야?"

"씨발, 그럼 어떻게 해요. 난 돈도 없는데 재는 저렇게 되구."

"재가 어떻게 됐다구 그러는 거야?"

"가서 보라구요, 가서!"

동수의 말을 듣고 영호는 벽에 기대 앉은 명환이에게 갔다. 명환이는 아직도 정신이 안 드는지 눈을 감고 있었다. 영호는 명환이 뺨을 몇 번 때렸다. 명환이가 겨우 눈을 떴다.

"사암촌, 아, 안녕하세요?"

명환이는 동수보다 더 혀가 꼬여 있었다.

"어, 그런데 이게 뭐야?"

영호는 명환이를 깨우다 문득 명환이 이마와 눈썹 위에 묻은 하얀 가루를 보았다.

"이게 뭐야!"

영호는 비명처럼 소리를 지르더니 아직도 정신이 들지 않은 명환이 뺨을 세게 쳤다.

"너 이게 뭐야, 엉?"

명환이의 짧은 머리 위에도 하얀 가루가 잔뜩 묻어 있었다. 영호는 허리를 숙여 명환이 머리를 내려다보았다. 정수리 바로 위가 찢어진 채 벌어져 있었다. 뼈까지 허옇게 드러나 보일 만큼 깊은 상처였다. 주위는 핏자국과 지혈제 가루가 엉겨 붙어 있었다. 영호는 순간 할 말을 찾지 못했다.

동수가 영호 뒤에서 말했다.

"쟤네 꼰대가 패 놓고는, 피가 나니까 지혈제 사다가 저렇게 뿌려 놨대잖아요."

"그래서, 이 멍청한 놈아. 명환이가 이 꼴이 됐는데 너는 얘를 데리고 본드 했다구? 니 놈이랑 얘네 아버지랑 뭐가 다르냐?"

동수는 대답이 없었다.

영호는 화를 주체할 수 없었다. 그러나 무엇보다 명환이를 병원에 데리고 가는 것이 급했다.

영호는 동준이의 도움을 받아 명환이를 업고 병원으로 뛰었다. 영호는 어머니가 돌아가던 때보다 더 큰 소리로 울고 싶었다.

'이 아이들을 어쩌지, 어떻게 해야 하지.'

명환이는 열세 바늘을 꿰매야 했다. 본드 때문에 마취도 미처 못한 채 꿰맸다.

병원에서 돌아온 뒤 영호는 잠시 동안만이라도 명환이를 돌보기로 했다. 명환이는 사람 눈을 잘 바라보지도 못하고 말도 몹시 더듬었다. 약삭빠르고 두뇌 회전이 빠른 동수와 달리, 하는 행동도 몹시 굼뜨고 빙충맞아 보였다. 어떻게 동수와 어울리게 됐는지 궁금할 지경이었다.

영호는 명환이네 집에 찾아가 보려 했지만 명환이는 절대 집에 안 들어가겠다고 고집을 피웠다. 겨우 전화번호를 알아 집으로 전화를 했더니, 아버지란 사람은 그런 아이 모른다고 하며 전화를 끊어 버렸다. 며칠 뒤에야 명환이 어머니와 통화를 했는데, 어머니마저 명환이를 집에 보내지 않았으면 좋겠다고 했다. 명환이가 들어오면 아버지한테 맞아 죽을 거라면서 비굴할 정도로 애원하며 명환이를 돌봐 달라고 했다. 명환이는 집에 있는 것보다 아무 데나 밖에 나가 사는 게 낫다는 말도 했다.

그래서 영호네는 식구가 한 사람 더 늘었다.

영호는 날씨가 쌀쌀해지면서 점점 불안해졌다. 은행에 있는 돈만 야금야금 꺼내 쓸 수도 없었다. 영호는 시간급으로 일할 수 있는 일이 있는지 알아봐야겠다고 생각했다.

10. 동수의 가출

영호가 일을 알아보겠다며 나가자 동수는 점점 몸이 달았다. 텔레비전도 눈에 안 들어오고 자꾸 불안했다. 입이 마르고 머리도 어질어질해지는 것 같았다.

동수는 텔레비전을 끄고 마루로 나갔다. 명환이가 부엌 마루 아래 있는 무엇인가에 다정하게 말을 걸고 있었다.

"너 뭐 하는 거야?"

동수의 말소리에 한 뼘쯤 열려 있던 문틈으로 새끼 고양이 한 마리가 달아났다.

"도, 도, 동수 너 땜에 괘, 괭이 새끼가 깜짝 놀라 달아났잖어."

명환이는 동수를 탓하며 바깥 문을 열고 나가,

"나비야! 나비야!"
하고 불렀다. 그러나 새끼 고양이는 다시 돌아오지 않았다.

"너 뭐 하는 거야? 저 고양이 새낀 뭐구?"

동수는 마루 끝으로 나와 바닥을 내려다보면서 말했다. 밥공기에 물에 만 밥과 멸치가 담겨 있었다.

"야! 도둑고양이는 밥 주는 거 아냐. 밥 먹여 주면 자꾸 온단 말야."

"자, 자꾸 오면 어때. 괭이 새끼가 먹으면 얼마나 먹는다구."

동수의 말에 화가 난 명환이는 마루로 올라와 설거지를 시작했다. 명환이가 요란하게 달그락거리며 설거지를 하자 동수는 마루에 걸터앉으며 혼자말로 중얼댔다.

"빌어먹을, 이 놈의 동네는 고양이 새끼들까지 지 새끼를 버려요. 어떻게 된 꼬라지냐구. 질린다, 정말 질려."

"고, 고양이 어미가 버린 거 아냐. 오, 오히려 사람들보다 더 잘 보살핀단 말야. 넌 알지도 못하면서 왜 고양이한테 뭐, 뭐라구 그러냐?"

명환이는 동수를 돌아보며 불뚝거리는 투로 말했다.

며칠 전 명환이가 쓰레기를 버리러 나갔을 때였다. 고양이 한 마리가 쓰레기 봉투를 물어 뜯고 생선 뼈다귀를 꺼내 먹다가 도망을 갔다. 명환이는 불쌍한 생각이 들어 다음 날 먹다 남은 생선과 밥을 버무려 내놓았다. 그랬더니 고양이는 살금

살금 먹고 갔다. 그 뒤로 명환이는 식구들 몰래 고양이 밥을 주었다. 며칠 지나자 고양이가 새끼를 데리고 나타났다. 명환이를 보고 도망가지는 않았지만 가까이 오지도 않았다. 어미 고양이는 날마다 새끼를 데리고 나타나 몇 번 먹어 보고는 슬며시 뒤로 물러나 새끼 고양이가 대신 밥을 먹게 했다. 명환이는 어미 고양이가 기특하고 대견했다. 이제 어미 고양이는 골목 끝 나무 더미에 숨어 있고 새끼 고양이만 명환이가 주는 밥을 먹고 간다. 명환이는 새끼 고양이가 밥 먹는 모습을 지켜볼 때마다 부러웠다. 고양이가 차라리 사람보다 낫다는 생각마저 들었다.

한동안 말없이 생각에 빠져 있던 동수가 일어나더니 명환이 곁에 가 섰다.

"명환아, 나가자."

"……."

"너 정말 안 나갈 거야?"

"응."

"야, 이럴 때 나가자구. 너 답답하지두 않냐?"

"나, 나는 이제 나가기 싫어."

"왜 싫은데?"

"난 이제 본드 같은 거 하구 싶지도 않아. 난 하나도 안 좋아."

"임마, 누가 그거 하자구 그러는 거야? 그냥 여기 있는 게 답답하니까 그러지."

"나, 난 싫어. 조금 있으면 영호 삼촌도 들어올 텐데, 영호 삼촌한테 미안하잖아. 나 안 나가."

"야, 너 요즘 말끝마다 영호 삼촌 얘기냐. 재수 없게"

동수는 기분이 나빴다. 명환이는 요즘 동수보다 영호와 더 가깝게 지냈다. 동수는 아직도 마음을 열지 않았는데 명환이는 영호와 쑥덕쑥덕 이야기도 잘했다.

"명환아, 넌 삼촌이 정말 좋냐?"

"엉."

"뭐가 좋아. 기분 나쁘게 우리 감시만 하는데."

"나, 나는 감시한다구 생각 안 하는데."

"야, 하루 종일 집에 가둬 두는 게 감시지. 답답하잖아."

"아, 아니, 난 편해. 도, 동수야, 나는 여기가 좋아. 이 세상에서 나한테 잘해 준 건 너하구 영호 삼촌이 처음이야."

"웃기지 마. 잘해 주긴 뭘 잘해 줘. 난 여기 못 있겠어."

"여기 아, 안 있구 나가면 뭐 할라구?"

"몰라. 여기 갇혀 있는 것보단 무조건 나을 거야. 오늘 월미도에 가 볼 생각이야. 걔, 저번에 내가 소개해 준 애 있잖아. 걔 요즘 놀이공원에서 춤추거든. 걔한테 어디 있을 만한 데가 있나 알아볼 거야."

"너, 너도 추, 춤출라구?"

"아니, 난 춤추는 건 싫어. 그래도 당장 나가면 갈 데가 없으니까."

"걔네들 까, 깡패잖아. 도, 동수야, 나가지 마. 여기 같이 있으면 넌 다시 하, 학교도 갈 수 있잖아. 영호 삼촌이 너 학교 보내 줄 생각도 하던데."

"씨발, 너 영호 삼촌한테 뇌물 먹었냐? 왜 그 인간 얘기만 하냐?"

"도, 동수야, 소, 솔직히 우리한테 영호 삼촌만큼 해주는 사람 없잖아. 난 우리끼리 또 나가는 거 겁나. 영호 삼촌이랑 있으면 부, 불안하지 않잖아."

"여기가 좋으면 니 맘대로 해. 나가기 싫으면 관둬."

동수는 버럭 화를 내더니 방으로 들어가 옷장에서 영호의 가죽점퍼를 꺼내 입고 나왔다.

"도, 동수야, 저, 정말 나갈 거야?"

"그래, 난 나갈 테니까 동준이나 잘 부탁해. 내가 돈 벌어서 데리러 온다구 말해 줘."

명환이가 말릴 새도 없이 동수는 신발을 신고 밖으로 나왔다. 명환이가 부르는 소리가 들렸지만 동수는 골목을 빠져나와 버스 정류장으로 내달렸다.

동수는 항상 동준이와 자기가 살아 남을 방법은 강하게 되는 것뿐이라고 생각했다. 학교에서 공부 잘하고 선생님 말 잘 듣는 얌전한 아이였을 때, 동수는 동네에서 늘 따돌림을 당했다. 그러던 어느 날 동수는 늘 동수와 동준이를 못살게 굴던 아이와 싸워 이겼다. 그러자 하루 만에 동수가 깡다구도 세고 주먹도 세다는 소문이 동네뿐만 아니라 학교에도 퍼졌다. 그 뒤로 동네 형들도, 친구들도 동수를 더 따돌리지 않았다. 형들은 동수를 패거리에 끼워 주고 동인천이나 공원에 갈 때도 데리고 가 주었다. 동수는 형들 패거리와 있을 때면 외롭지 않았다. 더는 학교에서 또래들이 깔보는 일도 없어졌다.

그 뒤부터 동수는 어머니를 기다리지 않았고, 공부 잘하는 착한 아이가 되려고 애쓰지도 않았다. 아버지마저 집을 나갔을 때 잠시 겁도 나고 우울했지만, 곧 아버지 없는 것이 더 자유롭고 편하다고 생각했다. 그러면서도 동수는 늘 동생 동준이 때문에 마음 한구석이 찜찜했다. 보육원 같은 데를 제 발로 걸어 들어가긴 싫었다. 어떻게 하든지 동준이는 자기가 데리고 있겠다고 속다짐을 했다. 그러면서도 동수는 동준이가 자기 패거리들과 어울리게 될까 봐 친구들은 절대 집에 데려오지 않았다. 본드를 할 때도 다른 아이들하고 어울려 하기보단 늘 캄캄한 다락방에서 문을 잠그고 혼자 했다.

동수는 사실 본드 같은 것은 끊으려면 언제든지 끊을 수 있

을 것이라고 생각했다. 다만 아직 끊을 생각이 없을 뿐이다. 동수는 무슨 일이든 스스로 해결하기 힘든 일이 생길 때마다 본드를 했다. 본드를 하면서, 가끔 지각만 하던 학교도 그만둬 버렸다.

처음엔 형들한테 맞아 가며 억지로 시작했지만, 본드를 마시면 꿈속에서만은 무엇이든 다 할 수 있었다. 대궐같이 큰 집에서 아버지, 어머니와 함께 살기도 하고, 날마다 잔소리만 하는 학교 선생님한테 하고 싶은 말도 다 하고, 자신을 업신여기는 학교 친구들을 흠씬 패 주기도 하고, 우주를 날아다닐 수도 있었다. 유승준보다 더 멋진 댄스 가수가 되어 무대를 누비기도 했다.

그러나 본드 기운이 사라지고 꿈에서 깨어나면 여전히 동수는 어두컴컴한 다락에 누워 있었다. 현실에선 여전히 어머니, 아버지 없이 배고픔을 참아야 했고, 하늘을 날 수도 없었다. 무대에서 같이 춤을 추던 유승준은 여전히 텔레비전 속에서 화려하게 춤을 추지만, 동수는 괭이부리말 뒷골목을 혼자서 쓸쓸하게 헤매고 다녔다.

본드를 하지 않을 땐 혼자 있는 것이 두려웠다. 환각에서 깨어나면 이러다 죽게 되는 것은 아닌지 걱정이 되었다. 그러면 다락에서 내려와 전화를 해댔다. 초등학교 친구들한테, 중학교 동창들한테, 심지어는 중학교 2학년 때 담임 선생님한테도 전화를 했다. 그러나 사람들은 모두 차갑게 전화를 끊었고, 그때마다 동수는 더 큰 외로움에 빠져 들었다. 동수의 외로움을 덜어 준 건 명환이뿐이었다. 초등학교 때부터 바보라고 놀려 댄 명환이와 친구가 된 것은 동수가 마음대로 할 수 있는 유일한 아이였기 때문이었다.

동수는 어수룩하고 순진한 명환이만은 절대로 자신을 배신하지 않을 것이라고 생각했다. 그런 명환이가 요즘 자꾸 영호한테 마음을 주는 것이 섭섭했다. 어쩌면 동수는 명환이보다 더 영호한테 마음이 끌리고 있는지도 몰랐다. 사실 동수는 영호네 집에 온 뒤로 자주 외로움을 잊었다. 날마다 따뜻한 밥을 먹을 수 있는 것도, 밤에 함께 잘 사람이 있는 것도 좋았다. 그런데도 자꾸 영호네 집에서 나오려고 한 것은 영호마저 동수와 동준이를 버릴지 모른다는 두려움 때문이었다. 동수는 그래서 일부러 영호에게 마음을 여는 자신을 막고 있었다. 그러나 이런 이야기는 명환이에게조차 할 수 없었다.

동수는 월미도로 가는 버스에 올라타자 혼자말을 했다.

"돈 벌어야지. 그래서 동준이도 데리고 나올 거야. 영호 삼촌이 우릴 버리기 전에."

11. 영호의 가을

가을이 깊어 가고 있다. 버스 정류장 앞의 공장 담을 뒤덮은 넝쿨콩 줄기와 이파리들이 갈색으로 물들고, 출근을 하느라 정류장 앞에 선 사람들은 차가운 가을바람을 피하느라 옷깃을 여미고 있다. 영호는 참 오랜만에 아침 일찍 버스 정류장에 섰다.

영호는 십장의 전화를 받고 이러지도 저러지도 못하고 갈팡질팡하고 있었다. 오랜만에 들어온 일자리였다. 더욱이 여섯 달짜리 공사였다. 그러나 영호는 선뜻 결정을 내릴 수가 없었다. 현장이 안산이라 출퇴근을 하기가 벅찼다. 현장에서 먹고 자야 하는데, 동준이와 명환이만 집에 두고 갈 수는 없는 일이었다. 동수가 끝내 집을 나갔기 때문이다.

영호는 며칠을 고민한 끝에, 그 좋은 일자리를 거절하기로 했다. 새벽에 떠난다는 십장의 봉고를 기다리느라 새벽 4시에 집을 나온 영호는 십장에게 말을 하고도 바로 집으로 돌아가지 않았다. 날이 밝을 때까지 버스 정류장에 쭈그리고 앉아 있었다. 출근하는 사람들을 멍하니 바라보면서 영호도 날마다 출근할 일터를 갖고 싶다고 생각했다. 당장 먹고살 일과 동수 일까지, 걱정이 많았다. 가끔 영호는 혼자말로 '내가 왜 고생을 사서 하나.'라고 신세 한탄을 했다. 그러다가도, 아이들이 없었다면 혼자 외로움을 견딜 수 없었을 거라는 생각이 들었다.

영호는 슈퍼에 가 두부 한 모를 사서 집으로 들어갔다.

명환이는 벌써 일어나 쌀을 씻고 있었다.

영호가 동수를 찾아봐야겠다고 하자 동준이는, 제 형은 집 나가는 게 버릇이라며 굳이 찾지 않아도 들어올 것이라고 태연히 말했다. 그러나 명환이는 동수가 아이들과 어울려 다니며 슈퍼에서 물건을 훔치거나 학교 앞에서 아이들의 돈을 빼앗을 것이라고 걱정이 이만저만이 아니었다. 영호는 밤이 되면 명환이와 함께 빌라 공사장이나 빈 공장을 둘러봐야겠다고 생각했다.

저녁을 먹고 나자 전화벨 소리가 울렸다.

텔레비전을 보던 동준이가 일어나 전화를 받았다.

"네, 그런데요. 왜요? 부모님은 지금 안 계신데요. 예, 알았습니다."

동준이는 전화를 끊고 영호에게 말했다.

"영호 삼촌, 형이 동부 경찰서에 있대요."

경찰서로 가는 버스에서 동준이는 조심스레 영호에게 털어놓았다.

"삼촌, 있잖아요, 동수 형 있잖아요, 접때도 한 번 붙잡힌 적 있어요."

"뭐라구?"

"중3 겨울 방학 때요. 일주일 만에 나오긴 했는데…… 이번에 또 걸리면 안 된다고 그랬는데……."

영호는 처음 겪는 일이라 뭘 어떻게 해야 할지 그저 막막하기만 했다.

경찰서에 들어가 담당 형사를 만났다. 담당 형사는, 동수가 학교를 안 다니고 있는데다 두 번째 걸린 경우라 쉽게 나오기 힘들 것이라고 했다. 변호사를 구해 보라며 생활 형편이 안 되면 당직 변호사를 이용하라고 했다.

영호는 명환이와 동준이를 대기실에 두고 혼자 동수를 면회했다.

동수의 얼굴이 몹시 꺼칠해 보였다. 동수는 어떻게 찾아 입고 갔는지 영호의 검은색 가죽점퍼를 걸치고 있었다. 영호는 철창 안에 있는 동수를 보며 얼른 할 말을 찾지 못했다. 동수는 머쓱하게 뒷머리를 몇 번 긁적이더니 말했다.

"이 옷, 깨끗하게 입고 돌려줄게요."

"그래, 알았어. 그동안 어디 있었니?"

"……."

"이렇게 만나니 좋냐?"

동수는 고개를 숙였다.

"불편한 건 없어?"

"아뇨. 근데 삼촌 돈 있어요?"

"돈은 왜?"

"사식 좀 넣어 주세요. 여기 밥 도저히 못 먹겠어요. 간식두요."

"사식이 뭐야?"

"식당에서 파는 밥요. 여기서 나오는 밥은 못 먹어요."

"알았어."

"삼촌, 저 이번엔 오래 걸릴 거예요. 동준이한테 말하지 마세요."

"왜, 동준이 걱정은 되냐?"

"……."

"전화, 동준이가 받았다."

"에이, 씨발."

"어디서 걸린 거냐?"

"……."

"돈 벌려고 나갔으면 돈 벌어야지, 왜 엉뚱한 짓이나 하고 있냐? 또 생각할 일이 많았니?"

"……."

동수는 일찍 풀려 나오는 걸 포기하고 있었다. 영호가 변호사를 알아보겠다고 했더니, 코웃음을 치면서 그만두라고 했다. 그러나 영호는 동수가 저 안에 오래 있게 해서는 안 된다고 생각했다. 영호는 동네 친구들이 교도소에서 더 나빠져 나오는 것을 많이 보았다. 구치소로 넘어가고 소년원으로 가게 되면 다시 학교로 돌아가기도 더 어려워질 것이다.

면회가 끝나고 영호는 경찰서 1층에 있는 매점에 가서 몇 끼의 밥값을 냈다. 간식도 넣어 달라고 했더니, 유치장 안에 열댓 명은 있으니 그 사람들 몫까지 넣어 줘야 애가 덜 시달린다고 했다. 영호는 마지못해 열다섯 명이 먹을 빵과 우유 값을 계산해야 했다.

경찰서를 나온 영호는 헌책방이 늘어선 골목을 지나면서,

"애들아, 우리 걸어가자."

하고 말했다. 아이들은 영호의 눈치를 살피며 고개를 끄덕였

다. 중앙 시장을 지나 동인천까지 가는 동안, 아이들은 아무 말도 하지 않았다. 지하도를 빠져 나오면서 영호는 눈치만 살피는 아이들에게 외식을 하자고 했다.

"뭐 먹을래?"

동준이와 명환이는 얼굴이 금세 환해지기는 했지만 서로 마주 보기만 할 뿐 쉽게 대답하지 못했다.

명환이와 동준이는 사람들을 헤집고 지나면서 간판을 살폈다. 맥도날드 햄버거 가게를 지나며 동준이가 명환이를 툭툭 쳤지만 명환이는 고개를 살래살래 흔들었다. 도넛 가게를 지날 땐 둘 다 고개를 저었다. 철판 볶음밥 집과 김밥 집을 지날 때 명환이는 얼굴이 환해졌지만 동준이는 고개를 저었다. 그러던 둘이 피자 가게 앞에 서더니 얼굴이 환해졌다.

"피자 사 줘?"

영호는 아이들을 데리고 층계를 올라갔다. 저절로 열리는 자동문이며 울긋불긋한 실내 장식에 영호마저 깜짝 놀랐다. 영호도 피자 가게는 처음이었다. 잔뜩 기가 죽은 동준이와 명환이를 데리고 자리에 앉아 메뉴를 보다가 영호는 지갑을 만지작거렸다. 만오천 원, 영호가 가지고 있는 현금은 그게 전부였다.

영호는 '치즈 피자'라는 것과 콜라 두 잔을 시켰다. 그것이 영호가 갖고 있는 돈으로 살 수 있는 유일한 피자였다.

"사, 삼촌, 여기 김치 같은 거 없어요?"

명환이는 피자를 몇 입 베어먹더니 영호에게 고개를 숙여 조용조용 물었다.

"왜? 느끼해?"

"나, 이거 못 먹겠어요."

"어! 형은 이렇게 맛있는 걸 못 먹냐? 우리 아빠가 예전에 이거 사 줬다. 여기에 햄이랑 버섯이랑 고기랑 들어 있는 건 더 맛있는데……."

동준이는 피자 먹기를 포기하는 명환이를 이해하지 못하겠다는 듯이 바라보았다.

"떠, 떡볶이나 먹을걸."

명환이는 피자 접시를 내려다보며 아쉬운 듯 말했다.

영호는 다음 날 아침 일찍 당직 변호사에게 전화를 걸고 간석동에 있는 법률 사무소로 갔다. 우선 백만 원을 내라고 했다. 가난한 사람을 위한 제도라고 하더니 돈부터 요구하는 것이 속상했다. 수중에 돈 한푼 없던 영호는 결국 법률 사무소를 나와 은행에 가서 적금을 헐었다. 돈을 찾으며 자꾸만 떠오르는 어머니의 얼굴을 지우느라 애를 먹었다. 이 돈을 모으느라 어머니는 김치 쪼가리 하나로 하루 세 끼를 때웠을 터였다. 이젠 날일이라도 나갈 수밖에 없었다.

동수는 경찰서에서 학익동 구치소로 옮겨졌다.

영호는 동준이와 명환이를 데리고 구치소로 동수를 면회하러 갔지만 볼 수 없었다. 본드 흡입으로 들어간 경우는 직계 가족이 아니면 면회가 안 된다고 했다. 직계 가족인 동준이는 미성년자여서 보호자 없이 혼자 면회를 할 수도 없었다. 동준이는 형이 보고 싶지만 참을 수 있다고 했다.

영호는 소지품을 받아 가려는 사람들과 면회를 기다리는 사람들로 붐비는 대기실에 쓰여 있는 안내판을 읽고 나서, 만 원어치 빵과 우유를 살 수 있는 표를 사서 동수 앞으로 간식을 넣어 달라고 부탁을 했다.

12. 사고

"자, 밥 먹자."

숙자 어머니가 일찍 준비해 놓은 아침 밥상을 숙자 아버지가 방으로 들고 들어왔다.

숙자는 이렇게 네 가족이 모두 모여 밥을 먹을 수 있는 아침이 하루 중 가장 좋았다.

숙자 아버지는 밤일을 나가든 낮일을 나가든 아침만큼은 꼭 아이들과 같이 먹었다. 숙자 어머니가 다시 집으로 돌아올 때 숙자 아버지에게서 받아 낸 두 번째 약속이었다. 물론 첫 번째는 술을 먹지 않는다는 것이었다. 숙자 아버지는 첫 번째도 두 번째도 다 잘 지켰다. 그리고 빚을 1년 내로 갚겠다는 세 번째 약속을 지키기 위해 무진 애를 썼다.

"에이, 또 김치찌개야?"

"또 반찬 투정이다. 숙희는 언제 반찬 투정 안 할래?"

어머니는 숙희의 투정에 꾸지람을 하면서도 구운 김을 숙희 앞으로 밀어 주었다.

"김이라도 해서 한 그릇 다 먹고 가. 내년에 빚 다 갚으면 우리 숙희랑 숙자 맛있는 거 많이 해줄게."

"숙자는 생전 반찬 투정 안 하는데, 숙희 저 녀석은 맨날……."

아버지는 어리광을 피우는 숙희를 나무라며 은근히 숙자를 칭찬해 주었다. 숙자는 아버지가 슬쩍 편을 들어줄 때마다 평소 숙희한테 밀지는 것 같아 속상하던 마음이 풀리는 것을 느꼈다.

숙자는 밥을 몇 숟가락 떠 먹다가 어머니 눈치를 보며,

"엄마, 있잖아, 동준이네 김치 좀 해주면 안 돼?"

하고 물었다.

"난데없이 김치는?"

"있잖아, 걔네 영호 삼촌이 동수 오빠 땜에 돈 다 써서 돈이 없나 봐. 라면 먹을 때 김치도 없어."

숙자 말에 귀를 기울이던 아버지가 물었다.

"동준이 형이란 애는 나왔냐?"

"아뇨, 근데 곧 나올지도 모른대요. 변호사가 그랬대요."

"당신, 너무 힘들지만 않으면 해주지 그래? 영호란 청년, 괜찮은 애야. 대견하잖아. 부모 없는 애들 데려다 거두고."

아버지가 숙자 편을 들자 어머니는 썩 달갑지 않은 얼굴로 말했다.

"대견하긴, 실속 없는 거지…… 알았어, 깍두기나 좀 해주지, 뭐."

어머니의 허락이 떨어지자 숙자와 숙희는 마주 보며 씩 웃었다.

"아빠, 오늘 또 밤에 일하러 가는 거지?"

기분이 좋아진 숙자는 밝은 목소리로 아버지에게 말을 걸었다.

"아니, 오늘은 아침 먹고 또 나가야 돼. 그 대신 저녁에 들어올 거야."

"왜? 밤에 일하고 나면 아침엔 자구 다시 밤에 나가는 거 아냐?"

"오늘 아빠가 다른 아저씨랑 바꿨거든. 그 대신 이따가 저녁에 들어와서 우리 숙자랑 숙희랑 짜장면이나 먹으러 갈까?"

"정말?"

"그래."

숙자와 숙희는 아버지 말에 입이 함박만해졌다. 그래도 숙자는 은근히 어머니 눈치를 살핀다. 혹시 어머니가 돈 아깝다는 말이라도 할까 마음이 조마조마하다.

"근데, 당신 괜찮겠어요? 벌써 야간만 닷새를 한데다 어젠 낮에도 이삿짐센터에서 일하고 왔잖아요."

어머니는 외식 이야기는 하지 않았다. 그보다 아버지가 걱정이 되는지 얼굴이 어두워졌다.

"이제 이삿짐센터 일 같은 건 하지 말아요. 빚 갚는 거만 대순가. 당신 요즘 너무 무리하잖아."

"그래 아빠, 나도 아빠가 너무 힘든 것 같애."

숙자까지 걱정을 하자 아버지는 거친 손바닥으로 숙자의 얼굴을 살짝 쓰다듬으며 말했다.

"걱정들 말어. 이번에 펄프 들어오는 일 끝나면 배 들어올 일도 없어. IMF라 수출입 배들이 어디 많이 있나? 일 있을 때 벌어 놔야지."

아침밥을 먹고 나자 아버지는 숙자와 숙희에게 학교까지 데려다주겠다고 했다. 숙희는 기다렸다는 듯이 얼른 뒷자리로 올라앉았지만, 숙자는 어머니 눈치를 보며 망설이고 섰다가 나중에야 숙희 뒤에 앉았다.

숙자는 숙희의 허리를 잡고 앉아 '엄마 눈치 따위 살피지 말고 그냥 먼저 탔더라면 좋았을걸.' 하고 후회했다. 숙자는 숙희가 없을 때에만 아버지 허리를 껴안고 오토바이를 탈 수 있었다. 늘 있는 일이건만 숙자는 오늘 아침 숙희에게 앞자리를 빼앗긴 것이 유난히 속상했다.

아버지는 숙자와 숙희를 학교 앞에 내려 주면서 당부를 했다.

"숙희야, 학교 끝나면 일찍 가서 엄마 도와줘라. 날마다 숙자만 시키지 말고. 이제 엄마 배가 점점 불러 오잖아. 니들이 도와야지."

숙희는 아버지 말에 또 샐쭉해져서,

"치, 아빠는 맨날 나보고만 일하래."

하며 인사도 하지 않고 교문 안으로 들어가 버렸다.

그런 숙희의 모습을 보며 숙자와 아버지는 마주 보고 웃었다. 숙자는 아버지한테 다시 한 번 저녁 약속을 다짐하느라 새끼손가락을 걸고 엄지손가락으로 도장까지 찍었다.

"아빠, 꼭 약속 지켜야 돼."

"그럼, 누구랑 한 약속인데."

"아빠, 그럼 이따가 봐. 학교 다녀오겠습니다."

인사를 하고 난 숙자는 아버지 얼굴을 한 번 더 올려다보았다. 아버지의 얼굴은 가을볕에 새까맣게 탔고 거칠었다. 그런 아버지의 얼굴을 보자 숙자는 마음이 아팠다.

"아빠, 조심해."

"알았어. 지각하겠다, 빨리 들어가."

숙자는 교문에 들어서서도 뒤를 한 번 돌아보더니 뛰어서 운동장을 가로질러 갔다.

숙자 아버지는 쌍둥이 딸 둘이 교실로 들어갈 때까지 지켜보다가 오토바이를 돌려 인천항으로 향했다.

4교시 수업이 끝나자 아이들은 급식실로 가기 위해 우르르 교실 밖으로 쏟아져 나왔다.

친구들과 손을 잡고 나오는 숙자 뒤에서 담임 선생님이 몇 번 숨을 고르더니 숙자를 불렀다.

"숙자야, 숙희랑 함께 지금 인하대학교 병원으로 가야겠다."

뜬금없이 병원에 가야 한다고 말하는 선생님 눈에 눈물이 맺혀 있는 것 같았다.

"선생님이 택시비 줄게 인하대 병원 앞에서 내려 달라고 해. 알았지?"

"선생님……."

숙자는 갑자기 다리에 힘이 쭉 빠지는 것 같았다. 숙자는 선생님에게 더 묻지 않았다.

숙자는 교실로 들어가서 책가방과 신발주머니를 가지고 나왔다. 눈물도 나오지 않았다. 선생님은 숙자를 따라와 신발주머니에서 신발을 꺼내 주고, 실내화를 신발주머니에 넣어 다시 숙자 손에 들려 주었다.

교문 앞에 잠시 서 있으니 숙희가 자기 담임 선생님 손을 잡고 엉엉 울며 오고 있었다. 숙희는 이미 얼굴이 눈물로 범벅이 되어 있었다.

숙자와 숙희는 선생님들이 태워 준 택시 안에서 아무 말도 하지 않았다.

숙자의 눈에서도 눈물이 방울방울 떨어지기 시작했다.

숙자네 가족은 절대 시신을 보여 줄 수 없다는 회사 쪽 사람들과 몇 시간이나 실랑이를 벌인 끝에야 아버지의 얼굴을 볼 수 있었다.

"꼭 얼굴까지만 보셔야 합니다."

아버지는 눈을 감고 있었지만 구겨진 이맛살과 얼굴 곳곳에 난 상처만 보더라도 고통스럽게 돌아갔다는 걸 알 수 있었다.

영안실에서 일하는 아저씨는, 얼굴만이라도 이렇게 말짱한 게 다행이라고 했다. 1톤짜리 펄프 더미에 깔린 아버지의 몸은 수습하기조차 어려울 만큼 짓이겨졌다고 했다.

숙자는 아버지의 얼굴을, 고통으로 일그러진 아버지의 얼굴을 뚫어지게 내려다보았다. 숙희는 통곡을 하면서 얼굴을 가리고 주저앉았지만, 숙자는 눈물 때문에 눈앞이 흐려져 손등으로 몇 번이나 눈물을 훔치면서도 아버지 얼굴에서 눈을 떼지 않았다.

"여보, 숙자 아빠. 아이고, 얼마나 아팠을까. 얼마나 놀랐을까…….”

아버지의 얼굴을 어루만지던 어머니의 울음은 금세 숨이 넘어갈 것처럼 꺽꺽대는 소리로 변했다.

“이제 그만 나가시죠.”

회사 사람이라는, 검은 양복을 입은 아저씨가 어머니를 잡아 끌었다. 그 사람은 억지로 어머니를 아버지의 시신에서 떼어 내려고 했다. 그러나 어머니는 아버지를 씌운 하얀 천을 꽉 움켜잡고 움직이지 않았다.

“이거 놔요, 이 천 벗겨 봐요, 난 다 봐야겠어. 내 남편이 어떻게 됐는지 다 봐야겠어.”

“아주머니를 생각해서 그럽니다. 아이들도 있는데…….”

“우리 애들 밖으로 내보내요. 난 봐야겠어, 봐야 되겠다구.”

울부짖는 숙자 어머니를 말릴 수 없게 된 회사 사람은, 밖으로 나가 숙자 아버지와 같이 항운 노조에서 일하는 아저씨들을 데리고 들어왔다. 그 사람들이 숙자와 숙희를 밖에 데려다 주었다.

잠시 뒤 숙자 어머니의 비명이 들리더니, 숙자 어머니가 한 아저씨 등에 업혀 나왔다. 아저씨들은 숙자 어머니를 영안실 마루 한쪽에 눕혔다. 얼마 뒤 숙자 어머니는 정신이 돌아왔지만 아무 말도 않고 넋이 나간 사람처럼 앉아 계속 눈물만 흘렸다.

오후가 되자 시골에서 숙자 할머니와 큰아버지 들이 올라왔다. 숙자 할머니는 영안실에 들어서자마자 통곡을 하더니, 넋 놓고 앉아 있는 숙자 어머니의 멱살을 잡고 흔들었다.

"이년, 니 년이 남편 잡아먹은 거여. 이년아, 애새끼들 버리고 나갔으면 들어오질 말지, 왜 들어와서 내 아들 잡아가니, 이년."

숙자 할머니는 아들 잃은 탓을 모두 뒤집어씌우듯 숙자 어머니를 마루에서 끌어 내려 마구 흔들었다. 숙자와 숙희는 그냥 벽에 붙어 서서 떨기만 했다.

숙자 어머니 머리가 다 헝클어지고 윗옷 단추가 다 풀어질 지경이 되어서야 구경만 하던 숙자 큰아버지와 큰어머니들이 숙자 할머니를 말리기 시작했다.

그때 갑자기 숙희가 큰아버지와 큰어머니들 사이를 비집고 들어가 어머니를 막고 서서 소리를 질렀다.

"왜 울 엄마한테 그래! 왜 울 엄마 때려! 할머니가 언제 우리끼리 있을 때 와 봤어? 엄마 집 나갔다 그랬을 때 아빠가 할머니보고 와서 우리들 밥 좀 해달라구 그랬을 때도 안 왔잖아! 엄마가 아빠 빚진 거 갚게 좀 도와 달라고 했을 때 큰아빠들이 하나도 안 도와줬잖아. 그래 놓고 왜 울 엄마한테 그래! 울 엄마 배 속에 아기 있단 말야. 내 동생 있단 말야. 아빠두 죽었는데 울 엄마랑 내 동생이랑 다 죽일 거야? 다 미워! 다 가!

울 엄마한테 손대지 마!"

숙희는 금세라도 친척들에게 달려들어 할퀼 듯이 발악을 해댔다. 숙자 어머니는 그냥 바닥에 쓰러져 울고만 있고, 옆에 있던 다른 조문객들까지 모두 와서 빙 둘러서 구경을 했다.

숙희의 반항에 멈칫하던 숙자 할머니는 마침내 숙자 어머니 옆에 주저앉아 숙자 아버지 이름을 부르며 통곡을 했고, 친척들은 슬금슬금 마루로 피해 올라가 향을 피웠다.

저녁때가 되자 학교 선생님 몇 분과 숙자네 담임 선생님이 숙자와 숙희를 보러 왔다. 숙자는 선생님 얼굴을 보자 꾹꾹 눌러 놓은 설움이 복받쳐 크게 울음을 터뜨렸다.

한참을 숙자를 안고 달랜 뒤, 선생님은 두 아이를 데리고 지하 1층 매점으로 갔다. 숙자와 숙희는 선생님이 사 주는 빵과 우유를 먹었다.

선생님은 숙자와 숙희에게 아무 말도 하지 않았다. 숙자와 숙희도 그냥 빵만 우물우물 씹었다.

"숙자야!"

동준이였다.

"숙자야, 어떡하니, 어떡해."

동준이는 옆에 있는 선생님한테는 인사도 않고 숙자를 보자마자 엉엉 울었다. 동준이 때문에, 겨우 울음을 그치고 있던 숙자와 숙희는 또 울음을 터뜨렸다. 보다 못한 선생님은 아이들을 데리고 에스컬레이터 뒤에 있는 의자로 갔다.

"영호 삼촌도 왔어."

동준이가 말하자 숙희는 훌쩍이며 주위를 둘러보았다.

"어디 있는데?"

"영안실에. 삼촌이 할 일이 많을 것 같다구 거기 있겠대."

아이들 마음이 진정되는 듯싶자 선생님은 다시 아이들과 영안실로 왔다.

영호는 벌써 팔을 걷어붙이고 음식을 나르고 있었다.

숙자와 숙희는 영호를 보자마자 달려갔다. 영호는 쟁반을 내려놓고 아이들을 끌어안았다.

숙자는 영호 삼촌 품에 안기자 마음이 조금 놓이는 것 같았다. 영호 삼촌이 함께 있다는 생각에 마음이 든든해졌다.

"삼촌, 우리 선생님이세요."

숙자가 영호에게 선생님을 소개했다.

"안녕하세요?"

영호는 얼른 일어나 인사를 하고 나서 고개를 들더니,

"어, 너……."

하고 말을 잇지 못했다. 선생님도 깜짝 놀랐다.

"너, 혹시 박영호?"

"너 김명희지? 야, 너 정말 선생님 됐구나!"

숙자와 숙희는 영호 삼촌과 선생님을 번갈아 보며 어리둥절해할 뿐이었다.

13. 김명희 선생님

영호는 숙자 아버지 장례를 치르고 유해를 절에 안치할 때까지 허드렛일을 도왔다. 숙자 어머니가 슬픔을 다스릴 사이도 없이 보상 문제를 타협하느라 정신이 없었기 때문이다.

몇 달 사이 가슴 아픈 일들만 겪은 영호는 마음도 몸도 많이 지쳐 있었다. 동수 문제로 법률 사무소와 법원을 오가는 일도 영호에겐 퍽 힘이 들었다. 그런 와중에 영호에게 희망이 된 것은 병원 영안실에서 만난 명희였다.

영호는 명희와 이야기를 하다가 명희가 대학원에서 상담을 공부한다는 이야기를 들었다. '상담'이라는 게 그저 입시 상담이나 하고 연애 문제에 대한 고민이나 들어 주는 것쯤으로 여기던 영호는, 상담으로 약물 중독을 고칠 수도 있다는 말에 귀가 솔깃해졌다.

영호는 동수가 구치소에서 나온다 하더라도 걱정이 많았다. 동수가 다시 본드를 하지 않을 수 있을지, 그런 친구들과 어울리지 않을 수 있을지 자신이 없었다. 그런데 명희의 말이, 동수 같은 아이들의 문제를 해결하려면 심리 치료부터 해야 된다고 했다. '심리 치료'가 무엇인지 영호는 잘 알 수 없었지만, 그것이 좋은 방법이라면 매달려 봐야겠다고 생각했다.

장례가 마무리되고 난 뒤, 영호는 숙자에게 김명희 선생님을 만나고 싶다는 말을 전해 달라고 몇 번씩 이야기했지만 회답이 없었다.

영호는 직접 전화를 할까 했지만 망설여졌다. 사실 초등학교 동창이라지만 명희와 영호는 그다지 친한 친구가 아니었다. 늘 1등을 도맡아 하던 명희에게, 공부도 못하고 특별히 눈에 뜨일 것이 없던 영호 같은 아이는 관심 밖이었다.

명희네 집은 윗동네 화장실 바로 아래에 있었다. 땅 밑으로 푹 들어가 있는 집이라 다른 집보다도 지붕이 낮았다. 늘 꽁꽁 닫혀 있던 명희네 집도, 여름이 되면 길과 높이가 똑같은 창문을 열어 놓았다. 영호는 화장실에 다녀오다가 살짝 명희네 창문을 엿볼 때가 있었다. 그럴 때마다 명희는 밥상을 펴고 앉아 공부를 하고 있었다.

명희네 삼 남매는 외할머니, 어머니와 함께 살았다. 동네에서 삼 남매는 머리 좋고 착한 아이들로 소문이 나 있었다. 그래서 동네 아이들에게 부러움과 시새움을 한꺼번에 받았다. 영호는 등하교 길에 가끔 명희를 보았지만, 명희는 그저 고개를 푹 숙인 채 땅만 보고 걸어 다녔다. 그런 명희를 영호는 친구들과 작당해서 몇 번 굻려 준 적도 있었다. 영호는 '이렇게 다시 만날 줄 알았으면 진작 좀 잘해 줄걸.' 하고 후회를 했다.

영호는 아침에 동준이를 부르러 온 숙자에게, 오늘 무조건 김명희 선생님을 찾아가겠다고 전하라고 했다.

영호는 옷장을 한참 뒤적였지만 마땅히 입을 옷이 없었다. 결국 지난해 추석 때 어머니가 사 준 쑥색 점퍼와 청바지를 입었다.

학교 운동장을 서성거리다가 건물을 나서는 한 아이를 붙들고 물었다.

"5학년 끝났니?"

"여긴 6학년 교실이에요. 5학년 교실은 저 뒤쪽이에요."

영호는 아이가 가리키는 쪽으로 가서 2층으로 올라갔다. 군데군데 층계 귀퉁이와 난간의 시멘트가 떨어져 나가 철근이 훤히 보였다.

'달라진 게 하나도 없군.'

영호는 5학년 2반 팻말이 붙어 있는 교실 앞에 섰다. 창문으로 들여다보니 명희가 교사 책상에 앉아 뭔가 쓰고 있었다.

'정말 선생님 같네.'

영호는 좀 망설이다가 문을 두드리고 들어갔다.

"실례합니다."

"어, 박영호."

명희는 영호를 보고 깜짝 놀랐다. 퍽 당황한 듯했다. 일어나 의자를 끌어다 주면서 앉으라고 하더니, 딱딱한 표정으로 말했다.

"정말 찾아올 줄은 몰랐네. 용건이 뭐야?"

영호는 얼른 대답이 나오지 않았다. 머뭇거리는 영호를 보고 명희가 영 마뜩잖은 얼굴로 채근을 했다.

"빨리 말해. 나 바빠."

"내가 접때 말한 애 있잖아. 걔, 니가 좀 도와 줄 수 있나 해서……."

"누구? 누굴 도와 줄 수 있냐구? 다짜고짜 그게 무슨 말이야?"

"그때 숙자 아버지 영안실에서 내가 얘기했잖아, 본드 때문에 구치소에 있다는 아이 말야. 걔 며칠 있으면 나온다. 변호사 썼거든. 그래도 돈이 좋긴 좋더라."

"그런데 나보고 뭘 도와 달라는 거야?"

"너 상담 배운다며. 동수는 정말 어렵게 자랐어. 엄마는 일찍 집 나갔지, 아빠는 지방으로 일 다니느라 동수랑 동준이 둘만 있는 날이 더 많았어. 나도 개네 집에 가 봤는데 사람 사는 집 같지가 않았어. 내가 생각하기엔 동수가 그냥 호기심 때문에 본드를 한 것 같지는 않구, 무슨 이유가 있을 것 같애. 니가 좀 도와주면 좋을 것 같아서."

"……."

명희는 아무 대답도 하지 않았다.

"사실 난 동수가 나온 뒤 갤 어떻게 대해야 할지 모르겠어. 겁도 나고, 도와주고 싶긴 한데 난 아무것도 몰라. 갤 데리고 있긴 해야겠는데, 동수도 나에 대해 그다지 호의적이지 않거든."

영호의 말을 듣고 나더니 명희가 말했다.

"나도 도와줄 수 없어. 난 그냥 아직 상담을 배우는 학생이야. 그리고 난 약물 중독이나 그런 비행 청소년 따위에는 관심이 없어. 난 그냥 상담 전문 교사가 되고 싶을 뿐이라구."

"상담 전문 교사가 되면 어차피 그런 아이들도 상대해야 하는 거 아냐? 실습도 해야 한다며? 그냥 실습하는 셈치고 동수가 나오면 한 번 만나 줬으면 좋겠다는 생각이 들어서 그래."

"난 그런 아이들 상대할 생각은 없다니까. 대학원 졸업할 때쯤이면 나는 큰 학교로 가. 이 학교는 '다'급지라서 3년만 있음 옮겨. 난 이 학교에 오래 있지 않을 거야."

"그렇지만 네가 전문 상담 선생님이 되면 이런 학교에 더 필요한 거 아니야?"

"상담이 꼭 문제아들을 위해 있는 건 아냐. 나는 이런 학교 아이들을 만나려고 공부하는 게 아니야. 이 동네 아이들은 이미 가망 없는 아이들이 더 많아. 내가 중학교 때 제일 싫어한 말이 뭔지 아니? '너도 괭이부리말 사니?'였어. 중학교 3년 내내 말썽 부리고 퇴학 맞는 아이들은 몽땅 이 동네 아이들이었어. 너도 생각나지? 우리 5학년 때 선생님이 우리 학교 아이들처럼 머리 나쁘고 지지리 가난한 아이들은 처음이라구 한 거. 그게 사실이야. 달라진 건 하나도 없어. 아이들도, 부모들도…… 이런 학교에서 선생 노릇 하는 게 얼마나 힘든데. 난 이 학교 아이들하고 깊이 만나고 싶지 않아. 똑똑하고 뭔가 가능성이 보이는 아이들이라면 몰라도. 내가 왜 그런 불량한 아이들하고 만날 거라고 네가 생각했는지 이해가 안 돼."

영호는 비아냥거리는 명희의 말투에 몹시 마음이 상했다.

"네가 그런 생각을 하는 줄 몰랐어. 숙자 얘기로는 니가 참 잘해 줬다는데."

"숙자는 착하고 똑똑해. 난 가능성이 없는 아이들은 관심이 별로 없어. 난 문제아들에겐 관심이 잘 안 가."

"불량배에다 문제아들이라구?"

"사실이잖아. 본드 하고 경찰서나 들락거리고 가출하고, 그런 애들 불량한 애들 아냐? 난 니가 나한테 왜 이런 부탁을 하는 건지 도무지 이해가 안 돼. 나하고 아무 상관도 없는 동순지 뭔지 하는 애를 나보고 어떡하라는 거야? 너도 좀 이상한 거 아니니?"

영호는 할 말을 잊었다. 영호는 명희에게,

"너도 똑같구나. 하긴, 넌 초등학교 때도 선생님 같았어."

하고 말하며 일어났다. 그리고 한동안 꼼짝 않고 서서 창문 밖만 바라보았다. 더 이야기를 할 필요가 없다고 느꼈지만, 명희에게 무슨 말을 하면서 나가야 할지 당혹스러웠다.

"이야기 끝났니?"

명희가 먼저 말을 꺼내며 일어나 가방을 어깨에 멨다.

"그래, 얘기 들어 줘서 고맙다."

영호는 명희보다 앞서 교실을 빠져나왔다.

14. 다시 만난 아이들

영호는 동수를 데리고 법원에서 나왔다. 구치소에 있는 동안 동수는 오히려 살이 뽀얗게 오르고 얼굴빛도 밝아졌다. 여전히 불퉁스러웠지만 묻는 말에 꼬박꼬박 대답도 하고 동준이와 명환이 소식을 묻기도 했다.

영호는 동인천에 내려 버스를 갈아타기 전에 빵집에 들어가 조그만 케이크를 샀다.

"야, 이렇게 코딱지만한 게 팔천 원이란다. 이게 제일 작은 거래."

케이크를 사 들고 나오는 영호를 기다리고 섰던 동수가 물었다.

"누구 생일이에요?"

“아니, 이따 애들하고 파티 열기로 했어.”

“파티라뇨?”

“가 보면 알아. 참, 숙자랑 숙희도 와 있을 텐데, 미리 알아 둬라. 숙자 아버지 돌아가셨다.”

“무슨 말이에요?”

“배에서 물건 하역하다가 기중기에서 떨어진 물건이 숙자 아버지를 덮쳤다나 봐. 즉사하셨어.”

“…….”

“화장해서 절에다 모셨다더라. 일요일마다 송도에 있는 절에 가나 본데, 갔다 올 때마다 숙자 얼굴이 많이 어두워. 숙희는 그런 대로 괜찮은데…….”

“…….”

동수는 아무 말도 하지 않았다.

동수는 아침에 구치소 문을 나올 때 날아갈 듯 기쁘면서도 마음 한구석이 불안했다. 법원에서 판결을 기다리는 동안에도 내내 그랬다. 밖에만 나가면 모든 것이 좋아질 것 같아 마음이 둥둥 떠 있으면서도, 가슴 한쪽에는 뭔지 모를 불안감이 있었다. 그 불안감을 지우려고, 이제는 모든 일이 다 잘될 것이라고 스스로에게 속삭였다. 그러나 동수는 숙자네 이야기를 듣자 맥이 풀렸다. 다시 제자리로 돌아가는 것 같았다.

동수는 언제나 그랬다. 아주 잠깐 기쁨을 누리는가 싶으면,

곧바로 슬픈 일이 뒤따라 왔다. 모처럼 반가운 소식이 들리나 싶으면, 곧 우울하고 억울한 일이 뒤를 이었다. 이번에도 동수는 구치소에서 해방된 기쁨을 만끽하기도 전에 또 슬픈 소식을 들어야 했다. 동수는 속으로 생각했다.

'이래서 난 좋은 일이 있어도 마음이 편하지 않나 봐.'

동수는 영호가 자꾸 말을 걸었지만 들은 척 만 척 대꾸도 하지 않았다. 동수는 치밀어 오르는 알 수 없는 분노를 혼자 삭이느라 애쓰고 있었다.

현관문을 열고 집 안으로 들어서자 부엌에서는 동준이와 명환이, 숙자, 숙희가 부산하게 움직이고 있었다. 코를 찌르는 김치찌개 냄새가 집 안 가득했다. 동수는 떡볶이를 한다고 가스레인지 앞에 서 있는 숙자와 숙희를 보았지만, 일부러 못 본 체하고 방으로 들어갔다.

동수는 옷을 갈아입지도 않고 한참을 그대로 서 있었다. 쑥스럽고 어색해서 어떻게 나가서 인사를 해야 할지 막막했다. 결국 동준이에게서 몇 차례나 채근을 받고서야 옷을 갈아입고 방에서 나왔다.

마루에는 상이 차려져 있었다. 계란과 어묵에 라면까지 듬뿍 들어간 떡볶이, 참치와 신 김치를 넣고 끓인 김치찌개, 콩나물 무침, 손바닥만 한 케이크까지. 동수는 밥상을 내려다보

면서 덤덤한 표정을 지으려고 애썼지만, 자꾸 코끝이 찡해지고 가슴이 뛰었다.

"형, 축하해. 이거 다 우리가 만든 거야. 대빵 좋지?"

동준이는 동수를 올려다보며 밝게 웃었다.

"도, 동수야, 바, 바, 반갑다. 니가 오니까 저, 정말 좋다. 여, 여기 앉어."

명환이는 동수 앞에 숟가락과 젓가락을 놓아 주며 말했다.

"동수 오빠랑 다 같이 있으니까 정말 좋다."

머리에 흰 리본이 달린 핀을 꽂은 숙자와 숙희가 하얀 이를 드러내며 함박웃음을 지었다. 쌍둥이의 모습을 보자 동수는 명치 끝이 저미는 것처럼 아려 왔다.

"자, 우리 밥 먹자."

영호가 점퍼를 벗고 밥상 앞으로 당겨 앉자, 아이들도 모두 숟가락을 집어 들었다.

"빨리 먹자, 배고프다. 참, 그리구 오빠, 이 김치찌개는 내가 끓인 거다. 맛있게 먹어, 알았지?"

하고 숙희가 말했다. 그런데 동수는 숟가락을 들어 찌개 국물을 떠 먹으면서,

"이거 숙자가 끓인 거라구? 맛있다."

하며 칭찬을 했다. 그러자 숙희는 금세 입술을 닷 발쯤 내밀더니 대뜸 화를 냈다.

"내가 끓였다니까. 난 숙자가 아니라 숙희라구."

숙희가 뾰로통해지자 동수는 숙희의 눈치를 살피느라 쩔쩔맸다. 난처해하는 동수의 모습을 보며 히죽히죽 웃던 동준이가 말했다.

"내가 지금부터 숙자랑 숙희 구별하는 법을 가르쳐 줄게, 알았어? 잘 들어. 명환이 형도 잘 들어. 형도 맨날 헷갈리지? 자, 얼굴부터다. 잘 봐. 숙자는 얼굴이 둥그렇구, 숙희는 이렇게 턱이 좀 빼쪽해. 그리구 숙자는 눈이 좀 작구, 숙희 눈은 더 땡그랗게 생겼어. 잘 봐, 그렇지? 또 숙희는 코 아래 작은 점이 있는데, 숙자는 얼굴에 점이 하나두 없어. 그 대신 숙자는 콧등에 수두 자국이 있다. 봐, 여기, 여기."

동준이가 연방 손가락질을 해대며 얼굴을 견주는 동안, 숙자와 숙희는 쑥스러워서 고개를 들지도 못했다.

"그리구 머리를 묶을 때도 숙자는 이렇게 잔머리가 많이 나오거든. 근데 숙희는 잔머리가 별로 안 나오게 꽉 묶어. 그래서 애네들 뒷모습만 봐도 난 누군지 알아맞힐 수 있어. 그리구 숙자는 목소리가 더 작고 느리고, 숙희는 목소리가 높고 말투가 빨라. 난 애들이 뒤에서 내 이름만 불러도 그게 숙잔지, 숙흰지 다 안다니까. 음, 또 숙자는 아무거나 잘 먹는데 숙희는 음식도 가려 먹어. 그래서 급식실에서 애네들 밥 먹는 거만 봐도 알아. 또 숙자는 마음도 착하고 일도 잘해. 근데 재, 숙희는 좀 뺀들대고 가끔 싸가지가 없어. 내가 둘 중에 누구랑 싸우고 있으면 그건 보나마나 숙희야."

모두들 동준이의 말을 재미있게 듣고 있었지만, 숙희의 얼굴은 점점 우거지상이 되었다. 그래도 숙희는 다른 때처럼 화를 내지 않고 나름대로 잘 참고 넘겼다. 영호는 그런 숙희를 보고 웃으며 머리를 쓰다듬어 주었다.

저녁밥을 먹은 뒤 가위바위보를 해서 진 숙희와 동준이가 설거지를 하는 동안, 동수는 숙자에게 다가가서 슬쩍 물었다.

"엄마는 뭐 하시니?"

"요새 비디오 가게 해."

"아버지 땜에 많이 속상하겠다."

"이젠 괜찮아."

"정말?"

"응."

숙자는 고개를 들어 동수를 보며 살포시 웃어 주었다.

동수도 숙자를 따라 웃었다. 동수는 숙자를 위로해 주고 싶었다. 하지만 오히려 숙자의 미소가 딱딱하게 굳은 동수의 마음을 풀어 주었다.

설거지를 끝내고 안방에 모인 아이들은 자정이 다 될 때까지 이야기꽃을 피웠다. 숙자 아버지 이야기, 동수의 교도소 체

험담, 동준이 아버지 이야기, 영호 어머니 이야기를 나누면서 아이들은 울고 웃었다.

밤 12시가 넘어서 영호가 숙자와 숙희를 집에 데려다주러 나갔다. 명환이는 걸레를 빨고, 동수는 청소를 하겠다고 비를 들었다. 그러나 동준이는 턱이 빠지도록 하품을 하더니 방바닥에 벌렁 누워 말했다.

"밥도 있구, 집도 있구, 형들도 있구, 삼촌도 있구, 난 지금 기분이 너무 좋아, 형! 형도 지금 기분 좋아? 난 기분이 좋아 숨이 콱콱 막히는 것 같애. 이러다가 꼭 죽을 것처럼 말야."

동수는 동준이를 내려다보았다. 동수가 없는 동안 동준이는 살도 통통히 오르고 얼굴에 있던 버짐도 모두 없어졌다. 무엇보다 눈빛이 밝아졌다.

동수는 동준이 곁으로 가서 똑같은 모양으로 누우며 말했다.

"나두 지금 그래. 난 너보다 더 좋아."

동수는 동준이를 꼭 끌어안았다.

며칠 집에서 뒹굴며 지내던 동수는 일주일에 한 번씩 전화를 하기로 한 선도 위원에게서 전화를 받고 나더니 아르바이트를 하겠다고 했다.

"여기 동네 앞에 있는 주유소에서 일하려구요."

"왜?"

"삼촌 돈 썼으니까 갚아야죠."
"그래서, 내 돈 갚으려구 아르바이트하겠다구?"
"꼭 그런 것만은 아니구……."
"그 주유소에 니 패거리들 있는 거 다 아는데, 내가 거기서 일하라구 할 거 같니?"
"난 이제 걔들하구 안 어울려요."
"니가 안 어울린다구 맘만 먹으면 되냐? 날마다 같이 붙어 있어야 하는데."
영호의 말에 할 말을 잃은 동수는 잠시 생각하다가,
"그럼 신문 배달이라도 할래요."
하고 불퉁스럽게 말했다.
"뭘 하든 돈 벌어서 나한테 진 빚 갚겠다구?"
"네."
"동수야, 내 얼굴 좀 똑바로 쳐다봐."
동수는 고개는 들지 않고 눈만 치뜨고 영호를 보았다.
"아니, 고개 들고 똑바로 봐."
동수는 이번에는 고개를 들어 영호의 눈을 마주 보았다.
"너 나한테 미안하니?"
"……."
"니가 나한테 조금이라도 빚진 게 있다구 생각하면 복학해. 며칠 뒤면 고등학교 원서 넣을 때잖아. 내가 알아봤는데, 넌 자퇴한 거니까 다른 고등학교에 원서를 넣을 수 있다더라."

"삼촌, 내 뒷조사하구 다녔어요? 난 학교 안 가요."

영호가 꺼낸 복학이라는 말에 동수는 또 버럭 화를 냈다.

"너 학교 그만둔 거 후회했다며."

"명환이가 그래요? 그땐 본드 불어서 제정신이 아니니까 그런 거라구요."

"그럼 너 학교 안 다니면 뭐 할래?"

"나, 이제 나쁜 짓은 안 할 거예요. 그래도 학교는 안 가요."

"네 나이에 학교 안 다니면 뭐 할 거야?"

"기술 배우죠."

"학교 안 가구 기술은 어디서 배울 건데?"

"학원에서 배우죠. 삼촌도 중장비 기술 학원 다니면서 배운 거잖아요?"

"얌마, 그래도 난 고등학교는 나왔어. 기술이 있어두 고등학교 졸업장은 있어야 취직을 할 거 아냐."

"난 그런 거 필요 없대두요."

"참, 답답해 미치겠네. 동수야, 니가 필요한 게 아니라 사회가 그걸 요구한다니까."

동수는 영호의 말에 더 대꾸하지 않았다. 영호는 동수의 고집을 어떻게 꺾을 수 있을지 막막해졌다.

동수와 영호는 한참 동안 서로 등을 돌리고 아무 말도 하지

않았다. 머리를 양 무릎 사이에 처박고 방바닥만 바라보고 있던 동수가 불쑥 고개를 들더니,

"삼촌, 내가 학교 가면 명환이는 어떻게 해요?"

하고 물었다.

"너 명환이 땜에 학교 안 간다고 하는 거야?"

"그게 다는 아닌데요, 근데 만약에 내가 학교에 다시 간다구 그러면 명환이는 어떡하냐구요."

"그럼 명환이도 가면 되지, 뭐."

"참내, 무슨 돈으루요? 아니, 돈 문제는 나중이에요. 삼촌은 몰라요. 명환이 재는 학교 다시 가면 안 돼요. 복학하면 더 왕따 된다구요. 애 더 병신 된다니까요."

영호는 동수가 무슨 말을 하는지 모르는 것은 아니었다. 영호가 생각하기에도 명환이가 학교 생활을 하는 것은 쉽지 않아 보였다. 얼떨결에 명환이도 학교에 보낸다고 했지만 무조건 그런다고 될 일도 아니었다. 그러나 영호는 동수만은 꼭 학교에 보낼 속셈이었다.

영호는 학교를 포기한 동네 친구들이 떠올랐다. 교도소를 제 집 드나들듯 하는 친구들이나 아직도 술집 종업원으로 있는 친구들의 모습이 동수와 겹쳐졌다. 영호도 학교가 모든 것을 다 해결해 줄 것이라고 믿지는 않았다. 그러나 동수가 안전하게 있을 곳은 학교밖에 없는 것 같았다. 적어도 영호 자신은

학교 울타리 안에서 보호받은 덕에 친구들처럼 되지 않았다고 믿었다.

영호가 한숨만 내쉬고 있는데, 방문이 살며시 열리더니 명환이가 고개를 쑥 내밀며 조심스레 물었다.

"사, 삼촌, 저, 점심에 라면 먹을까요?"

갑작스러운 명환이의 물음에 영호가 우물쭈물하는 사이 동수는 냉큼,

"그래, 좋지. 명환아, 라면은 내가 끓인다."

하고 대답하더니 벌떡 일어나 부엌으로 나가면서 영호에게 말했다.

"삼촌, 나중에 또 얘기해요, 예? 밥 먹구 하자구요."

15. 김명희 선생님의 편지

"숙자야, 오늘 남아서 선생님 좀 도와 줄래?"

종례 시간에 김명희 선생님이 숙자에게 말했다.

청소가 끝나고 숙자와 선생님만 남자, 선생님은 의자를 가져다가 선생님 책상 옆에 놓아 주며 앉게 했다. 숙자가 선생님을 도와 할 일은 수행 평가 문제지를 번호 순서대로 정리하는 일이었다.

숙자는 선생님이 오랜만에 숙자를 불러 심부름을 시킨 것이 참 좋았다.

선생님은 친구들 이야기와 학교 생활 이야기를 하다가,

"요즘 엄마는 뭐 하시니?"

하고 물었다.

"비디오 가게 내셨어요. 아빠 보상받은 돈으로."

"음, 그랬구나."

"선생님, 있잖아요, 동수 오빠 이제 집에 왔어요."

숙자는 선생님이 부모님 이야기를 꼬치꼬치 묻기 시작할 것 같아서 얼른 동수 이야기를 꺼냈다.

"그래?"

"네, 이젠 동수 오빠 나쁜 짓 안 한대요. 영호 삼촌이 무지 좋아해요."

"그랬구나. 영호 삼촌은 뭐 하니?"

"요즘 일 다녀요. 삼촌이 동수 오빠 땜에 돈을 많이 썼는데 취직을 못해서 걱정이 많았거든요. 영종도 신공항으로 일 다닌 지 며칠 됐어요."

숙자의 말에 고개를 끄덕이던 김명희 선생님은 일하던 손을 멈추고 창밖을 멍하니 바라보았다. 숙자는 선생님에게 왜 그러느냐고 묻고 싶었지만 그만두었다. 그리고 아무 말 없이 문제지를 정리하기 시작했다.

"아유, 손 시려. 아직 10월인데 왜 이렇게 춥냐. 오숙희, 너 여기 변기 좀 닦아."

동준이는 양동이에 물을 받다가 손을 호호 불며 투덜댔다. 숙희는 바지 주머니에 손을 쑤셔 넣고는 꼼짝 않고 있었다.

"야, 오숙희, 너 변기 닦으라구."

동준이가 솔을 숙희 있는 데로 휙 던지며 말했다.

"니가 닦으면 될 거 아냐."

숙희는 날아오는 솔을 피하며 동준이에게 쏘아붙였다. 그러자 동준이가 화장실 밖으로 나가는 시늉을 하며 말했다.

"나는 바닥 다 닦았잖아. 너 자꾸 뺀들대면 나 그냥 가 버린다. 나는 원래 바닥 청소야. 니가 알아서 해."

동준이가 정말 화가 난 것 같자 숙희는 그제서야 솔을 집어 들고 변기를 닦았다.

동준이는 준비물을 안 가져온 벌로, 숙희는 지각한 벌로 화장실 청소를 하고 있었다. 준비물을 제대로 챙겨 본 적이 없는 동준이는 늘 화장실 청소를 도맡아 했다. 숙희도 일주일 내내 지각을 하는 바람에 화장실 청소를 계속하고 있다.

숙희는 어머니가 비디오 가게를 낸 뒤 날마다 지각이었다. 가게 문을 닫고 새벽에나 들어오는 어머니를 기다리느라 늦게 잠이 드는 때문이었다. 숙자는 어머니가 일찍 자라고 했다며 10시만 되면 잠자리에 들었다. 그러나 숙희는 텔레비전에서 애국가가 나올 때까지 안 자고 어머니를 기다렸다. 숙희는 어머니 얼굴을 보아야만 잠이 왔다. 그래서 아침마다 늦잠이었다. 며칠 동안 숙희를 깨우느라 애를 먹던 숙자는 이제는 몇 번 깨우다가 그냥 먼저 학교에 가 버렸다.

변기 청소를 끝낸 숙희는 언 손을 호호 불며 동준이에게 말했다.

"야, 우리 내일부터는 이놈의 화장실 청소 하지 말자. 날씨가 갑자기 추워지니까 못해먹겠다. 난 내일부터는 무슨 일이 있어도 지각 안 한다, 안 해."

"그래, 나두."

동준이도 그럴 참이었다. 그래서 오늘 종례 시간엔 알림장도 꼼꼼히 쓴 참이었다. 동준이는 양동이와 솔을 청소 도구함에 넣었다. 그러고는 뭐 빠진 건 없는지, 화장실을 휘휘 둘러보았다. 교무부장 선생님한테 걸리면 청소를 하루 더 해야 했다.

숙희는 뒷정리를 하는 동준이를 모르는 척하며 주머니에 손만 찔러 넣고 있다가,

"야, 니가 교무실에 가서 청소 다 했다구 말해. 내가 니 책가방까지 가져올게."

하고 말했다.

"야, 맨날 왜 나만 교무실 가냐?"

동준이의 투덜거림을 나 몰라라, 숙희는 이미 쏜살같이 교실로 달아나고 있었다.

툴툴대며 화장실에서 나오는 동준이를 숙자네 반 담임인 김명희 선생님이 불렀다.

"화장실 청소는 다 끝났니?"

"네."

"가만 보면 동준이는 날마다 화장실 청소더라."

동준이는 고개를 숙인 채 눈만 치떠 김명희 선생님의 눈치를 살폈다. 선생님은 입가에 웃음을 담고 있었다. 동준이는 선생님이 혼을 내려고 부른 것 같지는 않아 숨을 돌렸다.

"너 박영호랑 아직 같이 살지?"

"예?"

동준이는 깜짝 놀랐다.

"이거, 영호 삼촌한테 갖다 주겠니?"

김명희 선생님은 동준이에게 편지 봉투를 주며 말했다.

"네."

동준이는 얼떨결에 편지를 받아 들었다.

"꼭 갖다드려."

동준이는 언뜻 영호 삼촌이 김명희 선생님을 만나고 온 뒤 며칠 동안 뚱하니 말 한마디 하지 않던 기억이 떠올랐다.

동준이는 편지 내용이 궁금했지만 꾹 참고 집으로 왔다. 가방을 들고 온 숙희에게도 편지 이야기는 꺼내지 않았다. 영호가 퇴근하자마자 동준이는 편지를 전했다.

박영호에게

네가 나에게 말한 거, 그동안 곰곰이 생각해 봤다.

그리고 내가 정말 왜 선생님이 되었는지, 상담 대학원에 왜 갔는지에 대해서도 깊이 생각했어. 이렇게 내 삶에 대해서 진지하게 고민할 수 있도록 해준 너한테 고맙다는 말을 하고 싶어.

어쨌든 네가 말한 동수라는 아이를 보러 다음 주쯤 한번 가 볼까 해.

큰 기대는 하지 마. 난 아직 학생일 뿐이야. 동수란 아이에게 그냥 친구로 다가가 보는 거야. 어쩌면 호기심인지도 모르고.

한번 만나게 해주겠니? 허락한다면 동준이 편에 연락해 주기 바란다.

—김명희

영호는 집에 돌아오자마자 동준이한테서 명희의 편지를 전해 받고 한동안 어안이 벙벙했다. 영호는 지난번 명희를 만나고 온 뒤 자존심도 상하고 창피하기도 해서 오랫동안 마음고생을 했다. 그런데 편지를 읽고 보니 명희도 그동안 고민이 많았을 것이라는 생각에 미안한 마음이 들었다. 영호는 명희의 부탁을 받아들여야 할지 곰곰이 생각하다가 새벽녘이 되어서야 답장을 썼다.

김명희 선생님께

편지 잘 받았습니다.

동수를 만나 주신다니 고맙습니다.

우리 집은 저녁 시간에는 아무 때나 괜찮으니, 선생님이 시간이 되실 때를 택하여 오십시오.

동수는 지금 신문 배달을 하고 있습니다.

처음에는 저녁 식사를 하러 오는 것처럼 하시면 좋을 것 같습니다.

대단히 감사합니다.

—박영호 올림

명희는 한껏 예의를 차려 쓴 영호의 편지를 읽고 웃음이 나왔다. 문득 초등학교 4학년 때까지도 받아쓰기를 잘 못해 나머지 공부를 하던 영호가 생각났다. 특별히 잘하는 것도 없고, 그렇다고 여느 괭이부리말 아이들처럼 문제아도 아니었던 영호에게 명희는 관심을 둔 적이 없었다. 더구나 어른이 되어서 이렇게 만날 것이라고는 정말 꿈에도 생각 못한 일이었다.

영호는 김치와 어묵을 넣고 끓인 비지찌개 뚜껑을 몇 번이고 열어 간을 보고 또 보았다. 명환이가 무친 콩나물이 싱겁다고 하다가 또 너무 짜다고 하면서 안절부절못했다. 나중에는 숙자와 숙희가 만든 과일 샐러드의 색깔이 예쁘지 않다면서 비싼 단감까지 사 오라고 했다. 방바닥에 벌렁 드러누워 텔레비전을 보는 동수에게는 몇 번씩이나 방을 닦으라고 성화였다.

"에이 씨, 삼촌, 도대체 누가 온다구 이 난리야?"

동수는 일어나 방을 대강 훔치고는 걸레를 수돗가에 던지면서 짜증을 냈다.

"오, 오늘, 수, 숙자네 선생님 오신대."

명환이는 밥상에 수저를 가지런히 놓으면서 말했다.

"쟤네 담임이 오는데 삼촌이 왜 난리야? 처녀 선생인가?"

동수는 호기심이 당겨서 능청맞게 한마디 던졌다.

영호가 밥을 뒤적이던 밥주걱을 동수 뒤통수로 날렸다. 한 대 얻어맞은 동수는 또 볼멘소리로 툭 던졌다.

"진짜가 보네."

명희는 어릴 때 기억을 더듬어 영호네 집을 찾았다. 고등학생 때까지 살던 곳이지만 동네 아이들과 어울린 적이 없던 명희에게는 낯선 길이 많았다. 공중화장실 뒷골목 막다른 곳에 있는 영호네 집을 찾는 데 한참 걸렸다. 하지만 아이들 걸음으로도 학교까지 10분도 안 될 거리였다.

"계세요?"

명희는 미닫이로 된 문을 살며시 열었다.

"선생님."

숙자가 제일 먼저 반갑게 뛰어나왔다.

"어, 숙자도 와 있었네?"

"저희들 맨날 여기서 놀아요."

"그랬구나."

명희가 마루 위로 올라서니 벌써 저녁 밥상이 차려져 있었다. 동준이는 머뭇거리고 서 있는 명희를 밥상 앞으로 떠밀더니,

"선생님, 이거 만드느라고 우리가 영호 삼촌한테 얼마나 시달렸는지 몰라요. 그러니까 많이 드세요."

하며 생글생글 웃었다.

"이거 어쩌지, 저녁 먹을 생각은 하지도 않고 왔는데."

여전히 쑥스러워하는 명희를 보고 영호도 한마디했다.

"우리 집에 오면 누구든 밥 먼저 먹어. 우리랑 친해지려면 밥부터 먹어야 되거든."

"맞아요, 우리도 여기 처음 왔을 때 밥부터 먹었어요. 그때가 밤 11시였거든요. 그런데도 삼촌이 밥을 먹으라구 그러더

라구요.”

동준이는 여전히 싱글벙글했다.

밥을 먹는 동안 명희는 내내 곁눈질을 해 동수를 살펴보았다. 홀쭉히 마른 몸과 긴 얼굴에 우뚝 솟은 매부리코, 가늘고 긴 눈이 강파른 인상을 주었다. 명희는 숙자, 숙희와 함께 주로 학교 이야기를 했다. 그러면서도 계속 동수의 눈치를 살폈다. 처음인지라 동수에게 말을 건네야 할지 난감했다. 결국 명희는 동수에게 말을 한마디도 못 건넸다.

저녁을 다 먹은 뒤 영호는 상을 치우는 명희에게 다가가 슬쩍 물었다.

“어때, 자주 올 만하겠니?”

“글쎄.”

명희는 영호에게 딱 부러지는 대답은 하지 않았다.

그러나 명희는 영호네 집을 나서며,

“내가 이 집에 자주 놀러 와두 실례가 안 될까?”

하고 동수에게 말을 걸었다. 명희와 눈이 마주친 동수는 얼굴이 발그레해지며 볼멘소리로 내뱉었다.

“그걸 왜 저한테 물어보세요?”

그러나 동수는 명희의 관심이 싫지는 않은 눈치였다.

16. 동수의 고백

동수는 기어이 신문 배달을 시작했다. 영호도 계속 영종도 신공항으로 일을 나갔다. 숙자, 숙희는 조금씩 아버지를 잃은 슬픔에서 벗어나고 있었다.

아이들은 날마다 저녁이면 영호네 집에 모여 숙제도 하고 텔레비전도 함께 보았다. 명희는 일주일에 한 번씩 학교가 끝난 뒤 영호네 집을 찾았다.

동네는 명희가 괭이부리말을 떠나던 10년 전과는 달라진 곳이 많았다. 동네 어귀에서 학교로 이어지는 언덕배기에는 게딱지 같던 판잣집 대신 빌라들이 들어섰다. '주거 환경 개선 지구'인 탓에 괭이부리말에 지어진 빌라들은 일조권 따위는 아예 무시할 수 있었다. 그래서 판자촌일 때 있던 거미줄

같은 실골목들이 그대로 있었다. 언뜻 봐도 날림 공사로 지었다는 것을 한눈에 알 수 있는 괭이부리말의 빌라들은 대개가 붉은 벽돌로 바깥벽을 두르고 있거나, 쑥색이나 잿빛 분홍색을 칠하고 있어 우중충한 괭이부리말과 잘도 어울렸다. 대낮에도 빛이 안 들어 컴컴한 빌라들 사이를 꼬불꼬불 빠져 나와야 괭이부리말의 진짜 주인인 낮은 슬레이트 지붕과 판잣집들이 보였다.

명희는 예전에는 커다란 쓰레기 더미처럼만 보이던 괭이부리말의 판잣집들이 정겹게 느껴졌다. 이제 연탄 냄새와 뒤섞인 비릿한 굴 냄새에도 익숙해져 가고 있었다.

"안녕하세요?"

명희가 영호네 골목으로 들어서려는데 동수가 운동화를 질질 끌고 나왔다.

"어, 동수구나. 근데, 너 얼굴이 그게 뭐야?"

반가워하던 명희는 동수의 얼굴을 보고 놀라 소리를 쳤다.

동수의 눈두덩이는 둘 다 시퍼렇게 멍이 들어 알밤만하게 부어 올라 있고, 입술은 물론이고 입술 언저리까지 터져 검붉은 딱지가 엉겨 붙어 있었다. 게다가 이마 위에는 반창고까지 붙어 있었다.

"너 꼴이 그게 뭐야?"

"……."

동수는 대답은 않고 씩 웃기만 했다.

"너 누구랑 싸웠니? 영호가 너 맘 잡았다구 좋아하던데."

명희는 동수의 얼굴을 보니 화가 났다.

"너, 어쩌면 이럴 수가……."

명희의 놀란 얼굴을 도리어 어이없다는 듯 바라보던 동수가 무뚝뚝하게 말했다.

"선생님, 집에 들어가서 기다리세요. 저 두부 사 가지고 올게요. 오늘 명환이가 엄마 만나러 가서 제가 저녁밥을 해야 되거든요."

골목을 나서는 동수는 다리까지 절뚝절뚝 절고 있었다.

두부를 사 들고 온 동수는 싱크대 위에 두부를 놓고 명희 앞에 앉았다.

"선생님, 왜 제 모습을 보고 그렇게 화를 내세요?"

"내가 화를 냈다구?"

"화내셨잖아요, 저한테."

동수는 잠시 덤덤하게 있더니 찢어진 입술을 만지며 말했다.

"이게 다 거쳐야 할 관문이에요."

"관문?"

"네, 패거리에서 빠져나오려면 이 정도는 맞아 줘야죠."

"그럼 네가 어울려 다니던 친구들하고 끝내려고 그렇게 맞

았다구?"

"그렇다구 볼 수도 있죠."

명희는 더 아무 말도 하지 않았다. 잘했다고 칭찬을 해야 하는 건지, 혼을 내야 하는 건지 판단이 서지를 않았다. 명희가 아무 말도 않자 동수는 일어나 두부를 씻고 냄비에 물을 올렸다.

"두부찌개 좋아하세요?"

동수는 뒤도 안 돌아보고 물었다.

"뭐라구?"

"두부찌개 좋아하시냐구요. 전 두부찌개밖에 할 줄 모르거든요."

명희는 순간 동수가 며칠 전보다 훨씬 가벼운 마음으로 명희를 대한다는 것을 느꼈다. 그러고 보니 오늘은 명희보다 동수가 먼저 말을 꺼냈다. 긴장하고 있던 명희의 마음이 누누히 풀리는 것 같았다. 명희는 동수의 뒤통수에다 대고 물었다.

"그 몸을 하고도 신문은 계속 돌리니?"

"그럼요."

"신문 배달은 할 만해?"

"그런 대루요."

"몇 부나 돌리는데?"

"이백 부요."

또 말이 끊겼다. 동수도 입을 다물고 찌개를 끓였다. 싱크대

위를 대강 정리하고 나더니 동수는 다시 명희 곁으로 다가앉아 불쑥 물었다.

"선생님, 우리 집에 왜 오세요? 영호 삼촌하고 연애하는 것 같지도 않은데."

명희는 머리털이 쭈뼛 서는 것 같았다.

"오늘 제 모습을 보고 그렇게 화를 내시는 게 이상해요. 왜 저한테 자꾸 관심을 갖는지, 왜 자꾸 우리 집에 오는지."

명희는 머릿속으로 동수가 원하는 대답이 무엇일지 생각해 보았다. 하지만 솔직하게 이야기하는 편이 제일 나을 것 같았다.

"사실 영호가 부탁했어. 도와 달라구. 동수가 구치소에 있을 때 학교로 날 찾아왔어. 동수가 나오면 어떻게 해야 할지 모르겠다구. 내가 상담 대학원에 다닌다니까 도움을 받을 수 있을 거라고 생각했나 봐."

"그럼 선생님이 저 때문에 여기 오시는 거라구요? 영호 삼촌 때문도 아니고, 숙자 때문도 아니고, 저 때문에요?"

"……."

명희는 말없이 고개만 끄덕였다. 동수가 무슨 말을 할지 조마조마했다. 혹시라도 동수가 화를 버럭 내며 나가라고 소리치는 건 아닌지 마음을 졸였다. 그러나 동수는 아무 말도 하지 않았다.

"처음에 영호 부탁을 받았을 땐 내가 싫다구 그랬어. 겁이 났거든."

명희는 이야기를 꺼내면서 동수의 얼굴을 살폈다. 동수는 고개를 숙인 채 청바지 단을 만지작거렸다.

"제가 깡패라고 생각하셨나 보죠?"

"아니, 아니, 그런 겁이 난 게 아니라, 내 자신한테 겁이 난 거야. 나도 여기 괭이부리말에서 자랐어. 나나 우리 식구들은 괭이부리말에 오는 날부터 목표가 곧 여길 벗어나는 거였어. 그때는 이 동네가 왜 그렇게 구질구질해 보였나 몰라. 내 눈에는 날마다 술 먹고 싸우는 사람이랑, 허구한 날 화투장 만지는 사람들만 보이더라구. 여길 벗어나려면 공부를 잘해서 성공하는 길밖에 없다고 엄마가 늘 말씀하셨지. 우리 삼 남매는 그래서 공부만 했어. 중학교 때부터 내가 이 동네 산다는 걸 학교 친구들한테 절대 말 안 했어. 학교 친구들은 아무도 우리 집에 온 아이들이 없었어. 그리고 대학 1학년 가을에 연수동으로 이사를 갔지. 난 이사 가던 그날이 내 인생에서 제일 행복한 날이라고 생각했어. 남은 대학 3년을 아주 자유롭게 보냈지. 그제야 친구들도 집에 데려오고, 오빠도 결혼할 여자를 데려왔어. 우리 새언니는 우리가 괭이부리말에서 산 것조차 몰라. 우습지?"

명희가 말을 하다 말고 묻자 동수는 퉁명스럽게 대답했다.

"구질구질한 게 사실이죠."

"내 얘기, 기분 나쁘지는 않니?"

"아뇨, 저 신경 쓰지 말고 계속하세요."

동수의 얼굴은 정말로 덤덤했다. 명희는 잠시 망설이다가 다시 이야기를 시작했다.

"졸업을 하고 발령을 받았는데 이 학교더라구. 얼마나 눈물이 나오던지. 아이들은 말을 안 듣지, 5학년밖에 안 된 녀석들이 급식비 낼 돈을 가지고 가출을 하지, 날마다 도난 사건이 일어나지, 내가 학교 다닐 때랑 똑같았어. 난 좋은 선생님이 되고 싶었는데…… 이런 애들 데리고는 좋은 선생님이 될 수 없다고 생각했지. 내 머릿속에 괭이부리말 애들은 안 된다는 생각이 박혀 있었거든. 그냥 3년만 버티고 나가자, 그게 내 생각이었어. 근데 숙자네 아버지 영안실에서 영호를 만나고, 영호한테서 엉뚱한 부탁을 받은 거야. 재수 없다는 생각이 들더라. 근데 막상 영호한테 못한다고 얘길 하고 나니까 맘이 안 편한 거야. 영호가 나보고 '너도 똑같구나.' 그랬거든. 우리 어릴 때 선생님들이랑 똑같다는 거야. 가만히 생각해 보니까 '괭이부리말 애들은 구제 불능'이라는 생각은 어릴 때 선생님들한테 하도 들어서 머리에 박혀 버린 것은 아닌가 싶더라구. 그래서 우리 아이들을 다시 보려고 노력하게 됐어."

명희의 말을 듣고 난 동수가 풀 죽은 목소리로 말했다.

"그래서 첫날부터 저한테 말을 거셨군요."

"아니, 그런 건 절대 아니고……."

명희가 당황해 얼버무리자 동수가 말을 시작했다.

"그랬다고 해도 전 상관 없어요. 그렇게라도 저한테 관심을 가져 준 사람이 없었으니까요. 저도 선생님처럼 이 동네를 떠나고 싶은 적이 많았어요. 동준이만 없으면 도망갔을지도 모르죠. 우리 엄마, 아빠는 선생님 어머니랑은 달랐어요. 우리한테 관심이 없던 건 아니에요. 생각해 보면, 단지 우리들을 먹여 살리는 것만도 벅찼던 것 같아요. 엄마가 집을 나가고 나서 원망도 많이 했지만, 나쁜 분은 아니었어요. 일도 열심히 했어요. 그래도 뭐, 나아지는 게 없었어요. 동준이가 여섯 살 때 엄마가 나갔어요. 나갈 때는 그랬어요. 돈 많이 벌어서 오겠다고. 처음엔 믿었어요. 근데 우리 동네엔 우리 엄마처럼 돈 벌러 나가서 안 들어 온 사람들이 많아요. 그래서 견딜 만했어요. 나 혼자 겪는 일이 아니니까요. 그런데 올봄에 아버지마저 나가고 나니까, 배신감 때문에 미칠 것 같았어요. 술도 마시고 담배도 피우고 다 해봤지만, 기분이 좋아지질 않았어요. 오토바이를 타면 기분이 되게 좋다고 그래서 오토바이를 타 봤어요. 탈 땐 참 좋아요. 헬멧을 쓰고 요란한 소리를 내며 달리면 아무 생각도 안 나요. 세상에 저 혼자뿐인 것 같죠. 오토바이를 타고 달릴 때 그 기분은 말로 못해요. 삼삼하고 자유롭죠.

하지만 오토바이에서 내리고 발이 땅에 닿으면 허전하긴 마찬가지예요. 송도 유원지에 가면 번지 점프가 있거든요. 번지 점프를 하면 그때 그 기분도 말할 수 없을 정도로 짜릿해요. 그렇지만 번지 점프에서 내려오면 또 똑같아져요. 그 짜릿한 기분 때문에 하루 종일 번지 점프를 할 수도 없는 거잖아요. 마음속에선 자꾸 뭐가 울컥울컥 올라오고 그걸 다 쏟아 내고 싶은데, 막상 쏟아 냈다 싶으면 그 다음엔 또 텅 빈 것같이 허전해서 못 견디겠어요."

"그래서 본드를 한 거니?"

명희의 물음에 동수는 곰곰이 생각을 하더니 고개를 끄덕이며 말했다.

"네, 본드도 그래서 한 거 같아요. 구치소에 있을 때도 그런 생각을 했어요. 내가 왜 점점 본드에 빠져 들었을까? 사실 난 되게 겁도 많고 동준이보다 더 외로움을 타는데…… 그걸 자꾸 숨기고 싶었나 봐요. 어쩌면 본드 같은 건 나 같은 겁쟁이들이 더 쉽게 빠지는 건지도 모르겠어요."

명희는 동수의 이야기를 들으며 동수가 명희에게 마음을 여는 것이 아니라 자기 마음이 열리는 것 같다고 느꼈다. 어쩌면 단단한 빗장으로 마음의 문을 닫아걸고 있던 것은 동수가 아니라 명희 자신이었는지도 모른다는 생각이 들었다.

"구치소에 있을 때 스물여섯 살 먹은 형이 우리 방으로 들어

왔어요. 그 형도 우리 동네 출신이었어요. 그 형이 왜 왔는지 아세요? 본드 때문이었어요. 벌써 일곱 번이나 본드 때문에 감방에 들어왔대요. 이번엔 풀려 난 지 꼭 이틀 만에 또 본드를 하다가 들켜 어머니가 신고해서 잡혀 온 거였어요. 엄마가 신고했대요, 엄마가. 끔찍했어요. 오죽하면 그랬겠어요. 내가 저렇게 되면 어떡하나 싶었어요. 스물여섯이면 영호 삼촌보다도 한 살이 더 많거든요. 그 형은 이까지 다 삭았더라구요. 감방 안에서도 본드 불다 들어온 사람은 아예 무시당해요. 이번에 나가면 다신 안 그럴 거라구 하는데, 못 믿겠더라구요. 말도 더듬고 눈동자도 계속 따로 돌고…… 정말 끔찍했어요. 선생님, 더 재미있는 얘기 해드릴까요? 제가 있던 방에 열한 명이 있었는데요, 그 중에 여섯 명이 우리 동네 출신이었어요. 반이 넘잖아요. 나도 그 여섯 명 중의 하나였다구요. 거기에 있는 게 너무 부끄러웠어요. 정말 다신 그런 데 가고 싶지 않아요."

동수는 구치소의 기억이 되살아나는지 몸서리 치는 시늉을 했다. 동수의 목덜미에 핏줄이 푸르게 서는 것이 보였다. 북받치는 감정을 참고 있는 것 같았다.

"정말, 다신 거기에 안 갈 거예요. 본드 같은 거 절대 안 해요. 절대루요."

동수는 자기 자신에게 거듭거듭 다짐을 했다.

17. 새로운 시작

“저 왔습니다.”

명희가 영호네 집 문을 열자 갑자기 새끼 고양이 한 마리가 튀어나왔다. 소스라치게 놀란 명희는 얼떨결에,

“엄마야.”

하고 소리를 질렀다.

“어, 어이구, 서, 선, 선생님.”

명환이가 놀라서 뛰어나왔다.

“마, 많이 놀라셨어요?”

“아, 아니. 근데 웬 고양이야? 고양이 기르기로 했니?”

“아, 아뇨, 저기 뒤, 뒷집 다락에 숨어 사는 도둑고양이 새낀데요, 불쌍해서…….”

명환이는 머리를 긁적이며 서 있었다.

"자, 들어가자."

명환이와 명희가 들어서자 동준이가 파를 다듬다가 일어나서 인사를 한다.

"안녕하세요? 어, 근데 선생님들 단체 연수가 있다구 그러던데?"

"응, 오늘 좀 일찍 끝났어. 원래 선생님들끼리 수업 끝난 뒤에 등산하기로 했거든."

"아, 선생님들 연수란 게 등산이에요?"

"응, 1년에 한두 번씩 선생님들끼리 단합 대회 하는 거야."

"근데, 선생님은 왜 안 가셨어요? 청소하고 나오면서 보니까 선생님들 다 같이 나가시던데."

"동준이랑 놀고 싶어서 그러지."

명희가 동준이 코앞까지 얼굴을 들이대며 말하자 동준이의 얼굴이 빨개졌다. 명희는 동준이의 엉덩이를 살짝 쳐 주고는 싱크대 앞에서 무를 썰고 있는 명환이에게 다가갔다.

"오늘 저녁은 뭐 할 거니?"

"도, 동태찌개 끓일라구요."

명환이는 수줍은 듯이 말했다.

"동태찌개? 그러구 보니 동태찌개 먹어 본 지도 오래 됐네. 난 어떻게 끓이는지도 모르는데, 오늘 명환이한테 배워

야겠다."

명환이는 부끄러워 어쩔 줄 몰랐다.

"삼촌은 아직 안 왔겠구, 동수는 어디 갔니?"

"하, 학교 갔어요."

"학교?"

"예."

"왜?"

"저 뭐야, 고, 공고 야간 알아본대요."

"그래?"

명희는 요 며칠 사이 동수가 조금씩 변하는 것을 느끼고 있었다. 지난번 단둘이 이야기를 나눈 뒤 동수는 오히려 쑥스러워하면서도 예전보다 훨씬 더 붙임성 있게 명희를 대했다. 명희는 동수와 더 이야기를 나누고 싶었지만, 차근차근 자신을 정리해 나가는 모습을 지켜보기로 했다.

명희는 동수를 기다리며 아이들과 저녁 준비를 같이 했다. 뭐든지 느리디 느린 명환이가 익숙하게 하는 것은 밥을 짓고 청소하는 일이었다.

"명환아, 밥하는 거 힘들지?"

"아, 아뇨, 재밌어요."

"그래? 뭐가 재미있는데?"

"바, 반찬 하는 것두 재미있구, 사, 사람들이 맛있게 먹으면서 치, 칭찬하는 것두 좋구."

"밥 하는 건 언제 배웠니?"

"초, 초등학교 4학년인가? 5학년인가? 잘 모르겠어요."

"엄마한테 배웠니?"

"아, 아뇨, 저 혼자 동생이랑 했어요."

"그럼 혼자 터득한 거야? 대단한데?"

명환이는 작은 칭찬에도 입을 헤벌쭉 벌리고 웃었다.

"지난번에 엄마 만났다며?"

"네, 어, 엄마가 이 옷 사 줬어요."

가만히 보니 명환이가 입고 있는 면 티셔츠가 새 것이었다.

"멋진데!"

명환이는 또 한 번 쑥스럽다는 듯 웃었다.

"얘기도 많이 하구?"

"네, 서, 선생님, 동생한테 여, 연락이 왔대요."

"동생한테? 그럼 동생도 그동안 집에 없었니?"

명희는 명환이에게 동생이 있다는 사실도 처음 듣는 터라 놀라며 물었다.

"네, 도, 동생도 집 나갔어요."

명환이의 얼굴이 점점 어두워지기 시작했다.

"그래, 동생은 어디에 있대?"

"부, 부천에요. 부천 오정동인가 하는 데에 있대요. 거, 거기서 전자 회사에 다닌대요."

"그래, 다행이네 뭐. 나쁜 데로 빠지지 않고 일을 한다니……."

"그, 그렇지만 제 동생도 저, 저처럼 하, 학교에 못 다니잖아요."

명희는 명환이 표정이 왜 어두워졌는지 알 것 같았다.

"동생이 많이 걱정되나 보구나."

"네."

"엄마가 동생 있는 데를 아신다니, 언제 한번 가 봐."

"아, 아니에요."

"왜?"

"제 동생은 절 보기 싫어할 거예요. 도, 동생이 그랬대요. 아, 아빠가 죽기 전엔 집에 안 들어온다구."

"왜? 명환아, 왜 그렇게 생각하는데?"

명환이는 대답을 하지 않았다. 무슨 생각을 하는지 무를 썰던 칼을 도마 위에 놓고 잠시 꿈쩍을 않고 있었다. 그러더니 갑자기 온몸을 부르르 떨었다. 명희는 너무 놀라 명환이의 손을 덥석 잡았다.

"왜 그래, 명환아? 왜 그래?"

명환이가 마룻바닥에 주저앉았다.

"카, 칼이 무서워요. 도, 동생이 나갈 때 아빠가 많이 때렸어요. 자, 자꾸 연예인 쫓아다닌다구. 빠, 빨래두 안 하구 바, 밥도 안 한다구 부엌칼로 도, 동생 머리를 잘랐어요. 그, 그러다가 눈썹에 피가 났어요. 내가 말렸는데, 내가 밥도 다 했는데, 근데도 자꾸만 때렸어요. 동생이 나갈 때도 겨울이었어요. 양말도 안 신구 나갔어요. 내가 따라갔어야 하는데. 내가 오빤데, 내가 말렸어야 하는데…….”

명환이는 끝내 말을 잇지 못하고 섧게 울기 시작했다. 명환이의 울음보는 점점 더 크게 터졌다. 파를 다듬던 동준이가 일어나 빨랫줄에서 수건을 걷어 와 명환이 앞에 놓고는 바깥으로 나갔다.

“많이 무서웠겠구나.”

명환이는 울면서 고개를 끄덕였다.

“명환이가 동생을 막아 주지 못한 게 후회가 되는구나. 그렇지만 명환아, 동생이 명환이를 원망하고 있진 않을 거야.”

명희는 명환이를 안아 주었다. 명희의 손이 닿자 명환이 어깨가 움찔하더니 딱딱하게 굳었다. 명희는 그런 명환이를 더 꼭 안아 주며 말했다.

“괜찮아, 괜찮아…….”

명환이는 점점 어깨에서 힘이 빠지면서 펑펑 울기 시작했다. 명환이의 울음소리는 아주 컸고, 가슴 깊은 곳에서 울려 나오는 것처럼 들렸다. 명희는 언젠가 동수가 명환이처럼 울어 보고 싶다고 한 말이 생각났다. 동수가 그랬다. 명환이처럼 울고 나면 가슴에 꽉 막힌 것 같은 응어리가 뻥 뚫릴 것 같다고.

명희는 부끄러웠다. 아이들이 상처받고 버려질 때 명희는 무엇을 했는지 자신이 원망스러웠다. 한참을 명희의 어깨에 기대 울던 명환이가 얼굴을 들고 명희 품에서 빠져나가더니 소매 끝으로 눈물과 콧물을 닦았다. 명희는 말 없이 동준이가 놓고 간 수건을 건네주었다.

"서, 선생님, 세수하고 올게요. 저, 그리구, 도, 동수한테 저 울었다구 그러지 마세요. 도, 동수는 제가 우는 거 제일 싫어 해요."

"알았어."

명희는 애써 활짝 웃으며 말했다.

동수는 기분이 좋아서 집으로 들어왔다. 그러다 눈이 퉁퉁 부은 명환이를 보더니,

"너 울었냐?"

하고 물었다. 눈치를 보는 명환이를 보고 명희가 나섰다.

"내가 오니까 명환이가 엎드려서 자구 있더라구."

"에이, 형, 엎드려 자지 말라니까."

동준이도 동수 눈치를 보며 거들어 주었다.

동수는 겉옷을 벗어 옷걸이에 걸며 뚱해서 말했다.

"내가 뭐라구 그런다구 세 사람이 짜고 거짓말을 해! 울어, 허명환. 속상하면 울어!"

명환이는 멋쩍게 웃으며 머리를 긁적였다.

"나, 아, 안 울었다니까."

그 모습을 보고 동준이는 웃음을 터뜨리고 말았다.

동수는 명환이에게 더 뭐라고 말하지 않았다. 명희는 명환이가 운 것을 모르는 척 눈감아 주는 동수가 대견해 보였다.

저녁밥을 먹으며 동수가 학교에 갔다 왔다고 하자 영호는 좋아서 어쩔 줄 몰랐다. 밥 먹는 동수의 목덜미를 팔뚝으로 감싸 안더니, 앞뒤로 흔들고 그 자리에서 발을 걸어 눕혀 레슬링하는 시늉을 냈다.

"밥 먹다가 무슨 짓이야?"

명희가 깜짝 놀라 말렸지만 동준이는,

"선생님, 영호 삼촌이랑 우리는 좋은 일이 있으면 저렇게 해요."

하며 즐거워했다.

"그렇게 좋아요?"

다시 밥상머리에 앉은 동수는 여전히 빈들대며 영호에게 물었다.

"그럼, 얌마, 니가 우리 집에 와서 처음으로 내 말을 들은 거 아냐."

"삼촌, 착각 말아요. 삼촌 말을 들은 게 아니라 내가 결정한 거예요."

동수는 영호의 말에 또 토를 달았다.

"알았어, 알았어. 근데 어디 가기로 한 거야?"

영호는 동수가 시비를 걸어도 마냥 기분이 좋은 듯 물었다.

"야간. 공고 야간요. 여기서 버스도 한 번만 타면 되고, 5시까지만 학교 가면 된대요."

"그럼 원서 쓴 거야?"

"아뇨, 11월 말에 쓴대요. 주민 등록 등본, 중학교 때 생활기록부, 고등학교 자퇴서, 그런 거 가지고 오래요."

"형, 무슨 과 갈 거야?"

동준이도 형이 학교에 다시 간다는 게 기분이 좋은 듯 씽씽한 목소리로 제 형에게 물었다.

"기계과."

영호네 식구들은 모처럼 모두들 희망에 찼다. 저녁을 먹고 나서도 아이들은 학교 이야기와 앞으로의 계획을 나누며 시간 가는 줄 몰랐다. 누구보다 영호가 제일 들떠 있었다.

명희가 가려고 일어나자 영호는 명희를 바래다주겠다고 했다. 명희가 영호네 집에 오기 시작한 뒤 처음이었다. 영호는 늘 동수나 명환이보고 버스 정류장까지 명희를 바래다주라고 했다.

영호는 명희보다 몇 발자국 앞서서 옛날 거성 목재 있던 쪽으로 새로 난 소방 도로로 내려갔다.

“명희, 너 기억하니? 여기도 맨 판잣집이었잖아. 이쪽 언덕은 너무 가팔라서 층계도 없었지. 겨울에 눈 많이 오면 여기서 미끄럼 타고 놀았잖아.”

영호는 눈을 가늘게 뜨고 어릴 적 일들을 떠올렸다. 그러나 명희는 겸연쩍은 얼굴로 말했다.

“잘 기억이 안 나. 난 동네에 나와 놀질 않았잖아.”

“하긴 그래. 네가 나와 노는 걸 한 번도 못 본 것 같다.”

영호와 명희는 판잣집을 허물고 언덕을 깎아 세운 축대 위까지 왔다. 축대 아래는 2차선 도로가 뚫렸다. 영호는 난간에 기대어 아래쪽 도로를 내려다보며 말했다.

“이 길이 저쪽 큰길이랑 이어지는 거야. 여기도 맨 판잣집이었어. 너 기억나니? 우리 5학년 때 저 쪽 2층 마당 아래에서 불난 거? 그땐 이런 큰길도 없어서 집이 스무 채도 더 타 버렸잖아. 소방차가 들어오지 못해서 저기 언덕, 공장 뒤로 들어가서 공장 담 너머로 소방 호스를 빼서 불을 껐지.”

영호는 몸서리까지 치면서 말했다.

“난 잘 몰라. 불난 건 알았는데…… 우리 집하고 멀었잖아.”

“야, 그때 그럼 넌 구경도 안 나왔어? 우리 동네 사람들은 다

나와서 봤을 텐데."

명희는 고개를 숙이며 말했다.

"아니, 난 보러 안 왔어. 불구경 같은 거 좋아하지 않았어."

영호는 말이 막히는 듯 잠시 명희를 바라보다가 말했다.

"누가 불난 걸 좋아서 보니? 그때 우리 반 애들도 세 명이나 집이 불에 타 버려서 노인정에서 두 달 넘게 살았잖아. 걱정스러우니까 나와서 같이 본 거지."

"그래, 그건 알아. 요즘 생각하면 나는 어릴 적에나 사춘기 때나 모두 헛산 것 같애. 난 뒤돌아볼 추억 같은 게 하나도 없어. 친구들과 나눌 추억도, 동네 사람들과 나눌 추억도, 아무것도 없다."

명희의 얼굴이 무척 쓸쓸해 보였다.

"그래도 덕분에 넌 이렇게 선생님이 됐잖아."

영호는 무슨 말로 명희를 위로해야 할지 고민을 하다가 그렇게 말했다.

"그럼 뭐 하니. 머리만 있고 가슴은 없는 선생님인걸."

명희는 영호를 따라 난간에 기대더니 다시 말을 이었다.

"난 영호 네가 애들을 대하는 걸 보면 부러울 때가 많아. 나도 잘해 준다고 하는데, 애들은 너한테 더 많이 의지하는 것 같애. 어떻게 하면 그렇게 스스럼없이 만날 수 있는지 궁금해."

"네가 그렇게 느끼는 줄 몰랐어. 솔직히, 난 네가 부러운걸. 동수도 너랑 얘기하고 나서 조금씩 달라지는 것 같거든."

"난 요즘 여기 올 때마다 생각을 해. 동수나 동준이, 그리고 명환이한테 네가 꼭 필요한 사람인 것처럼 나도 우리 반 아이들한테 꼭 필요한 사람이 될 수 있을까 하는 생각 말야. 영호야, 난 비로소 어떤 선생님이 되어야 할지 어렴풋이 알 것 같애. 요즘에야 우리 반 애들이 예쁜 거 있지. 조금 있으면 겨울 방학인데, 이제야 난 우리 반 아이들이 하나하나 다 제대로 보여."

명희는 마치 고백 성사를 보듯 계속해서 영호에게 속마음을 털어놓았다.

"어제 우리 반 애가 가출했다. 초등학교 5학년짜리가 어디 가서 뭐 하고 있을까? 1학기 때 같으면 난 화부터 냈을 거야. 왜 이렇게 골치 아픈 애가 우리 반이 되었는지 원망했겠지. 근데 이번엔 안 그래. 걔가 정말로 걱정이 돼. 이제 곧 겨울인데 어디에 있을지 걱정이 돼. 정말……."

명희는 말을 끝맺지 못하고 얼버무렸다. 그리고 살짝 눈물을 닦고 나더니 영호에게 손을 내밀었다. 깜짝 놀라는 영호에게 명희가 말했다.

"악수하자구. 우리 앞으로 잘해 보자구."

영호는 어색하게 손을 내밀었다. 악수를 하고 나서 영호는 쑥스러운 듯 얼굴을 붉히며 말했다.

"나두 고마워. 그리고 명희야, 꼭 고백하고 싶은 게 있는데, 아이들한테 내가 필요한 게 아니라 나한테 아이들이 필요해."

18. 숙자의 어머니

숙자와 숙희는 어머니가 비디오 가게를 시작하고 나서 더 바빠졌다. 어머니는 늘 새벽에나 들어왔고, 숙자와 숙희가 학교에 갈 때쯤이면 잠에 곤히 빠져서 일어나지 못 했다.

숙자가 아침상을 대충 차려 놓고 살금살금 나오면 숙희는 밥도 먹는 둥 마는 둥 하면서 '이러다 평생 엄마 얼굴도 못 보겠다.'며 끌탕을 해댔다. 어머니 돕는 일부터 숙희 뒤치다꺼리까지 모두 숙자 차지건만 투덜대는 쪽은 늘 숙희였다.

숙자는 잠든 어머니가 끙끙 앓는 소리를 낼 때마다 마음이 조마조마했다. 저러다가 어머니가 병에라도 걸릴까 봐 늘 마음을 졸였다. 지난 일요일 아침에는 어머니한테 비디오 가게를 넘겨줬다는 아주머니의 소식이 아예 끊어졌다며 속을 끓이고 있었다. 아무래도 가게가 잘 안 되는 것 같았다.

숙자는 학교가 끝나면 오늘은 꼭 어머니한테 가 봐야겠다고 생각했다. 어머니는 숙자나 숙희가 가게에 오는 것을 달가워하지 않았다. 그러나 오늘은 어머니를 만나 이야기를 하고 싶었다.

숙자는 학교 앞에서 버스를 탄 뒤 인천역 앞에서 내렸다. 건널목을 건너 공원 올라가는 길을 찾았다. 가파른 언덕 길가에는 맨 여인숙이나 음식점, 술집 들뿐이었다. 숙자는 어머니가 날마다 뒤뚱거리며 이 언덕을 오르내릴 것을 생각하니 또 마음이 아팠다.

어머니가 하는 '사랑 비디오'는 언덕 위 중국인 마을로 접어드는 길목에 있었다. 숙자는 지난번 영호 삼촌이 어머니 가게 근처에 비디오 가게가 너무 많다고 걱정하던 것이 생각나서 언덕을 오르는 동안 비디오 가게를 세어 봤다. 어머니 가게까지 더하면 네 곳이나 되었다.

어머니가 하는 비디오 가게는 낡은 2층 건물의 아래층이었다. 그런데 어머니 가게 바로 맞은편에는 새로 지은 건물에 큰 비디오 전문점이 있었다. 안이 훤히 들여다보이는 커다란 유리창을 통해 보니, 비디오 테이프도 엄청 많고 컴퓨터도 좋은 것이었다. 숙자는 저절로 한숨이 새어 나왔다. 작고 초라한 '사랑 비디오' 앞에 선 숙자는 가게 문에 다닥다닥 붙어 있는 포스터 사이로 안을 들여다보았다. 손님은 하나도 없고 어머니 혼자 의자에 앉아 꾸벅꾸벅 졸고 있었다.

숙자는 살며시 문을 열려고 했으나 여닫이문에 종이 달려 있어 종소리에 그만 어머니가 잠에서 깨었다.

"너 여기 웬일이니? 여길 어떻게 찾았어?"

숙자는 꾸지람부터 들을까 봐 조바심이 났는데 어머니는 반가워했다. 그러면서도 걱정스럽게 물었다.

"버스 타고 왔어? 그러다가 길 잃으면 어떡하려구."

"엄만 내가 뭐 어린앤가?"

"안 춥니? 호빵 사 줄까? 벌써 호빵 나왔더라."

"엄마 호빵 먹구 싶구나?"

숙자는 가게 옆에 있는 슈퍼에서 호빵을 사 왔다. 어머니는 참 맛나게 호빵을 먹었다. 밖에 나와서 보니 어머니가 부쩍 더 야윈 것 같았다. 구멍가게 할머니는 어머니를 보기만 하면 배 속에 있는 아이를 생각해서라도 억지로 뭐 좀 먹으라고 타박을 했다. 그러면 어머니는 늘 많이 먹고 있다고 대답만 하고는 사실 밥도 제대로 먹지 않았다.

"엄마, 점심은 먹었어?"

"그럼, 짜장면 먹었어."

"겨우 짜장면 먹구 돼? 근데 엄마, 손님이 너무 없다."

숙자는 아주 조심스레 어머니 눈치를 보며 물었다.

"아, 아니야, 이따가 밤엔 많아. 누가 낮에 비디오 보니? 그래서 엄마가 밤엔 잠을 잘 못 잔다니까."

"으응……."

숙자는 고개를 끄덕이긴 했지만 어머니 말이 믿어지지는 않았다.

"비디오 구경 좀 해도 돼?"

"아니, 너네들 볼 건 별로 없어."

숙자는 고개를 끄덕이고 의자에 걸터앉아 발을 흔들며 휘휘 둘러보았다.

"숙자야, 너 엄마한테 뭐 할 말 있어서 온 거지?"

숙자는 피식 웃었다.

"엄만 내 얼굴만 봐도 내가 왜 왔는 줄 알어?"

"그럼, 엄만 다 알지."

"아냐, 그래두 엄만 내 마음을 모르는 게 더 많아."

"어머, 그랬니? 그럼 오늘은 왜 왔는지 말해 줄래?"

"응, 있잖아, 영호 삼촌이, 엄마가 새벽에 올 때까지 날마다 우리 둘이서만 있어야 되니깐, 삼촌네 집에 와서 숙제도 하고 또 놀기도 하고 거기서 자다가 엄마가 새벽에 올 때 우리 데려가면 안 되냐구 물어보랬어."

"그럼 거기서 자겠다구?"

"아니, 계속 자는 게 아니구, 엄마 올 때까지만 말야."

"거긴 맨 남자들인데."

"이잉, 엄만 도대체 무슨 말을 하려구 그래."

숙자는 어머니에게 짜증을 냈다. 어머니가 무슨 말을 하는 건지 어렴풋이 짐작은 하지만, 문득 어머니가 밤마다 외롭게 지내야 하는 숙자와 숙희 생각은 하지도 않는다는 생각이 들어 속이 상한 것이다.

"그래, 영호 삼촌이 좋은 사람인 것도 알구, 동준이도 착한 거 다 아는데, 엄만 그 동수란 애랑, 또 명환이란 애가 좀……."

"아냐, 엄마, 그 오빠들 이제 나쁜 짓 안 해. 동수 오빠는 신문 배달 하구 명환이 오빠는 집에서 살림한다. 동준이 빨래도 명환이 오빠가 다 하고, 영호 삼촌 늦게 오는 날은 밥도 다 해."

"그럼 뭐 하니. 학교 다닐 나이에 학교도 안 다니는 불량배들인데."

"어어, 엄마는 왜 점점 말이 안 통하냐. 학교 안 다니면 다 불량밴가, 뭐?"

"그래, 그래, 니가 무슨 말을 하는지 알겠으니까, 이따가 영호 삼촌 들어오면 이리로 오라고 그래. 내가 얘기 좀 해보구."

"알았어."

숙자는 어머니 곁에 더 있고 싶었지만 가서 숙희를 돌보라는 말에 맥없이 가게를 나왔다. 숙자는 돌아오는 길에도 다시 비디오 가게를 세어 봤다.

일 갔다가 돌아오자마자 영호는 '사랑 비디오'로 갔다. 영호가 올 시간에 맞춰 집 앞에 나와 있던 아이들이 씻을 새도 주지 않고 숙자 어머니를 만나러 가라고 성화를 해댄 것이다.

영호가 가게 문을 열고 들어가자 숙자 어머니는 의자에 앉아 깜빡 졸고 있다가 소스라치게 놀랐다.

"어이구, 제가 너무 갑자기 들어왔나 봐요. 많이 놀라셨어요?"

영호가 겸연쩍은 표정을 짓자 숙자 어머니는 영호 가까이에 의자를 당겨 주며 앉으라고 했다.

"커피 드릴까요?"

"네."

영호는 머리를 긁적이며 의자에 앉아 커피포트에 물을 붓는 숙자 어머니를 곁눈질해 보았다. 까칠한 얼굴과 눈 밑의 그늘이 시름 많은 사람처럼 보였다.

"아무래도 손님이 없나 보죠?"

영호의 물음에 숙자 어머니의 얼굴이 금세 어두워졌다.

"처음에 영호 삼촌 말을 들을 걸 그랬나 봐요. 아무래도 속은 거 같애요. 차라리 영종도 공사장 같은 데서 함바집이나 할 걸 그랬나 봐요."

"함바집은 뭐 아무나 하나요. 그것도 돈이 많이 먹히고 힘만 들어요. 또 이제 곧 겨울 닥치면 그것도 할 만한 일이 아니에요. 저도 이제 한 달 뒤엔 일이 없을 텐데요."

"아무래도 그만둬야 할까 봐요."

"제 생각에도 좀 손해 보더라도 지금 포기하는 게 나을 것 같네요. 오다 보니까 또 중국집 옆에 큰 비디오 가게가 생겼던데요."

"네, 그 사람들은 비디오 가게 경험도 많구 돈도 많은 것 같아요. 단박에 그렇게 크게 가게를 열구. 저 쪽 중국인 마을 사람들도 다 그리로 가더라구요. 아무래도 권리금은 포기하구 넘겨야겠어요. 난 왜 하는 일마다 이런지 모르겠어요. 숙자 친할머니 말마따나 내가 업이 많나 봐요. 착한 숙자 아버지까지 잡아먹고, 그 가엾은 사람 목숨값으로 이런 실수나 하고. 숙자, 숙희한테도 할 짓이 아니에요. 날마다 한밤중에 들어가니 아침엔 밥도 못해 주고 잠만 자게 되고. 숙자랑 눈이 마주치면 걔가 뭐 할 말이 있는 것 같은데 묻지도 못하겠어요. 난 숙자만 보면 미안한 마음만 앞서요. 안쓰럽구……."

숙자 어머니는 말끝을 흐렸다. 그러다 갑자기 생각난 듯이,

"참, 그런데 아까 숙자가 와서 하는 말이, 제가 집에 갈 때까지 영호 삼촌네 있겠다구 그러던데……."

하고 말했다.

"예, 숙자랑 숙희가 너무 늦게까지 둘이서만 있잖아요. 그래서 어머니가 돌아오실 때까지 우리 집에 있다가 가면 어떨까 해서요. 어차피 애들이 집에만 있으면 뭐 하겠어요. 와서 우리 애들이랑 공부도 하고, 얘기도 하고, 그러면 텔레비전도 안 볼 거고."

숙자 어머니는 영호의 말을 들으며 고개를 끄덕였다.

"저야, 염치가 없어서 그렇죠, 뭐."

숙자 어머니는 모든 일에 다 체념한 사람 같았다. 얼굴마저 핏기 하나 없이 까칠했다. 영호는 커피를 몇 모금 마시고 나서 망설이다가 걱정스럽게 물었다.

"저, 병원에도 안 가신다면서요? 숙자, 숙희가 걱정이 많던데."

"숙자, 숙희 때도 몸풀기 한 달 전에야 병원엘 간걸요. 배 속 아기도 잘 놀구, 낳을 때쯤 한 번 가 봐야지요."

숙자 어머니는 태연하게 말하며 배를 살살 어루만졌다.

"요즘은 얘 때문에 살아요. 숙자 아버지랑 헤어지려고 집 나가고 나서 임신한 걸 알았을 땐 애를 떼려고 했거든요. 그런데 곰곰이 생각하니 이것도 부처님 뜻이다 싶더라구요. 지금 생각하면, 얘가 아니었으면 영영 집에 돌아오지도 않았을 거고, 그랬으면 우리 숙자랑 숙희는 고아가 됐을 거 아니에요? 아직 얼굴도 모르는 이 아기가 제게 얼마나 소중한지 몰라요."

숙자 어머니 눈에 눈물이 맺혔다. 애써 울음을 삼키고 숙자 어머니가 다시 말을 이었다.

"비디오 가게 그만두는 거 알면 숙자 할머니가 가만 있지 않을 거예요. 그렇게 반대를 하셨는데…… 영호 삼촌이 생각해도 권리금 같은 건 못 받겠죠? 하루아침에 몇백만 원이 달아나네요. 이젠 앞으로 뭘 먹고살지요? 애들 얼굴은 또 어떻게 보고……."

숙자 어머니는 끝내 말을 잇지 못했다. 영호는 우는 숙자 어머니를 난감한 표정으로 내려다볼 뿐 아무 말도 할 수가 없었다. 저렇게 울어 버리는 것이 차라리 좋을 거라는 생각도 들었다. 숙자 어머니의 어깨가 점점 더 크게 들썩이고 울음소리가 커지자 영호는 일어나 가게 문을 잠갔다. 길을 오가는 사람들 중 어느 누구도 가게로 들어오지 않았다. 영호는 포스터 사이로 맞은편의 큰 비디오 가게를 훔쳐보며 한숨을 내쉬었다.

야윈 몸 어느 구석에 그토록 많은 눈물이 숨어 있는지 신기할 정도로, 숙자 어머니의 눈물은 그칠 줄 몰랐다. 숙자 어머니는 새벽녘에야 탁자에 엎드려 잠이 들었다. 새벽이 되자 영호는 살며시 가게를 나왔다. 일을 나가려면 빨리 월미도로 가서 영종도 가는 배를 타야 했지만, 영호는 중국인 마을을 돌아 자유 공원으로 올라갔다.

6시가 넘어서야 날이 희끄무레하게 밝아 왔다. 날이 밝자

안개가 점점 짙어졌다. 11월 중순인데도 은행나무 잎에는 아직도 푸른빛이 많았다. 아무래도 도시의 공기가 더운 탓인 듯싶었다. 왕벚나무는 벌써 빨갛고 노란 이파리들을 다 떨어내고 겨울 채비를 끝냈다. 산수유나무의 색 바랜 녹색 이파리 사이로 빠알간 열매들이 얼굴을 내밀고 있었다. 안개 속에서 희끗희끗 보이는 산수유의 붉은 열매는 참 예뻤다.

지난봄, 영호는 모처럼 쉬는 날 어머니와 함께 벚꽃 구경을 나온 적이 있었다. 어머니는 꽃망울을 터뜨리기 시작한 벚꽃보다는 연두색 산수유 꽃을 더 좋아했다. 어머니는 산수유나무 아래 서서 고향 생각이 난다며 눈물을 글썽였다. 어머니는 산수유 열매를 영호의 약으로도 썼다. 초등학교 4학년 때까지 야뇨증을 보인 영호 때문에 걱정을 하던 어머니는, 늦가을이 되면 새벽에 몰래 몰래 공원에 올라가 산수유 열매를 땄다.

영호는 슬레이트 지붕 위에 정성스레 산수유 열매를 말리던 어머니가 몹시 그리웠다. 영호는 산책길을 벗어나 산수유나무 아래로 가서 손을 뻗어 열매를 땄다. 바스락바스락 부서지는 버즘나무 잎을 밟을 때마다 어머니 얼굴이 떠올라 눈앞이 흐려졌다.

팔각정 아래 나무 의자와 평상에는 아직도 노숙자들이 누워 있었다. 서리까지 하얗게 내리는 날씨에 한뎃잠을 자는 노숙자들을 보는 것도 안타까운 일이었다. 신문지를 몇 겹씩 덮고 있었지만 그래도 몹시 추울 터였다. 잠에서 방금 깬 듯한 어느 중년 노숙자의 얼굴은 술에 찌든데다가 오랫동안 씻지도 못한 탓에 검붉은 색이었다. 영호는 주머니를 뒤져 천 원짜리 넉 장을 꺼냈다.

"아저씨, 이거 술 드시지 말고 아침 사 드세요."

중년 노숙자는 얼굴을 들어 영호를 한 번 힐끗 보더니, 금세 허리를 굽실굽실하며 두 손을 내밀어 돈을 받았다. 돈을 받는 노숙자의 손이 심하게 떨렸다.

"아저씨, 절대 술 사지 마세요."

영호는 다시 한 번 다짐을 받았다. 그러나 영호는 노숙자가 공원을 내려가면 곧 소주를 살 것이라는 것을 알고 있었다.

영호는 늦가을 찬 새벽바람을 피하려고 점퍼 속으로 고개를 깊이 파묻었다. 팔각정에 올라가 숙자 아버지가 사고를 당한 인천항 쪽을 바라보았다. 하지만 짙은 안개가 자우룩해서 아무것도 보이지 않았다. 아마도 지금 이 시간에도 부둣가에서는 밤새 배에 물건을 싣고 내린 사람들이 일을 빨리 끝내고 교대를 하기 위해 분주히 오가고 있을 터였다. 영호는 출근길에 가끔씩 마주치던 숙자 아버지의 모습이 떠올랐다. 영호는 늘 어둡고 어눌한 표정으로 오토바이를 타고 다니던 숙자 아버지가 하늘에서라도 편하게 지내기를 빌었다.

팔각정에서 내려오니, 신문지를 뒤집어쓰고 자던 노숙자들이 어느새 일어나 앉아 몸을 잔뜩 웅크리고 추위에 떨고 있었다. 영호에게서 돈을 받은 중년의 노숙자는 벌써 공원을 내려간 듯, 보이지 않았다.

안개는 쉽게 걷힐 것 같지 않았다.

19. 숙희 따돌리기

"엄마, 그럼 이제 가게 안 나가?"

"그래."

"야, 신난다. 이제 엄마, 맛있는 거 많이 해줘, 알았지?"

숙희는 어머니가 비디오 가게 문을 닫았다는 것이 마냥 좋았다.

숙희는 어려서부터 늘 공장에 다니는 어머니한테 불만이 많았다. 친구들 부모님들도 대부분 맞벌이를 했지만, 숙희는 어머니가 집에 있는 친구들이 제일 부러웠다. 숙희는 학교 갔다 와서 말랑말랑한 어머니 팔뚝을 만지작거리며 낮잠을 자 보는 것이 소원이었다. 그런데 숙희는 유치원 때 이후로 그렇게 어머니와 함께 누워 낮잠을 자 본 적이 없었다.

"엄마, 누워 봐."

"왜?"

"그냥, 이렇게 똑바로 누워 봐."

숙희는 어머니를 억지로 눕혀 놓고는 팔짱을 끼고 손가락으로 어머니 팔뚝을 만지작거렸다.

"아이, 좋다."

"간지러워. 숙희, 엄마랑 이렇게 누워 본 게 얼마 만이냐?"

"옛날 고리짝 적 얘기지."

어머니 말에 대답을 하면서 숙희는 이제 불룩해진 어머니 배를 어루만졌다.

"어, 엄마 배가 꿈틀거리네."

"그래, 아마 뱃속에 있는 아기가 숙희가 만지는 줄 알고 인사하는가 보다."

"와! 신기하다. 엄마, 원래 아기가 이렇게 움직이는 거야?"

"그럼."

숙희가 배 위에 올린 손을 내리지 않고 계속 만지자 어머니는 숙희의 머리를 쓰다듬으며 말했다.

"숙희는 엄마가 여자 동생 낳길 바래, 남자 동생 낳길 바래?"

"여자."

"왜?"

"아들 낳으면 엄만 나한텐 더 관심도 없을걸, 뭐."

숙희는 요즘 정말로 어머니가 아들을 낳을까 봐 조바심이 날 지경이었다.

"아빠는 아들을 바라실 텐데……."

어머니는 천장에다 눈을 고정한 채 또 생각에 빠져들었다. 숙희는 그런 어머니를 가만히 쳐다보다가 어머니의 젖가슴을 살짝 치면서 말했다.

"엄마, 아빠 생각 하지 마. 이제 우리들 생각만 해."

어머니는 놀란 표정으로 잠시 숙희를 돌아보더니 가슴 쪽으로 끌어 들여 꼭 안아 주었다.

"숙희야, 엄만 언니랑 너한테 제일 미안해."

"당연히 그래야지. 엄마, 정말 아기가 태어나두 나 예뻐해야 돼. 알았지?"

"그럼."

"그럼, 됐어."

숙희는 어머니의 대답을 듣더니 얼굴이 환해졌다. 숙희는 벌떡 일어나 점퍼를 입고 나가면서 방문 앞에서 말했다.

"나가서 놀래. 보일러 올려놓고 갈게, 푹 자."

"보일러 올리지 마. 숙희야! 숙희야!"

숙희는 방 안에서 어머니가 소리를 치는데도 아랑곳 않고 부엌 한쪽에 있는 보일러로 가서 온도를 높였다. 숙희는 온도

만 높이고 돌아 나오려다가 보일러를 한 번 어루만졌다.

이 기름 보일러는 3년 전에 아버지가 도시가스 공사를 하는 곳에서 내다 버린 것이라며 리어카에 실어 온 것이었다. 아버지는 친구들과 손수 기름보일러를 놓았다. 보일러를 놓던 날 숙자와 숙희는 날아갈 듯 기뻤다. 어머니가 잔업이라도 하는 날이면 서로 연탄을 갈라며 미루고 싸우던 일을 이제 하지 않아도 되었기 때문이었다. 보일러엔 아버지 손때가 묻어 있었다. 숙희는 아무 데서나 아버지 생각이 불쑥불쑥 나는 게 싫었다. 그런데 어느새 아버지 생각을 하고 있었다.

아버지가 돌아간 지 벌써 두 달이 다 되어 간다. 49재 때 송도에 있는 절에 다녀온 뒤 숙희는 아예 아버지 생각을 하지 않았다. 아버지 생각을 하면 눈물이 나왔고, 눈물이 나오면 슬프고 놀기도 싫어졌다. 그래서 숙희는 숙자하고도 아버지 이야기를 한 번도 하지 않았다. 어쩌다 숙자가 아버지 말을 꺼낼라치면 숙희는 괜히 엉뚱한 짓을 해서 숙자를 웃게 만들었다. 숙희는 숙자가 텔레비전을 보면서 가끔씩 훌쩍훌쩍 우는 것도 보기 싫었다. 숙희는 연속극 따위는 보지도 않았다. 가수들이 나와서 춤추고 노래하는 것 아니면 절대 안 봤다. 숙희는 어머니가 아버지 생각을 하면서 우는 것도 싫었다. 그렇지만 자기도 모르는 사이에 아버지가 떠오르는 것을 숙희도 어쩔 수 없었다.

숙희는 숙자와 동준이를 찾아다니느라 동네를 한 바퀴 돌았다. 그렇지만 어쩐 일인지 아이들이 보이지를 않았다. 숙희는 요즘 동준이와 숙자가 이따금씩 말도 없이 사라지는 것이 궁금했지만 자존심이 상해서 묻지 않았다.

숙희는 2층 마당으로 가서 색종이 따먹기를 하는 아이들 틈에 끼었다. 바지 주머니에서 숙희도 학을 접을 만한 크기의 색종이 한 묶음을 꺼냈다. 숙희의 손은 가늘고 작았지만, 두 손을 지붕 모양으로 맞잡고 바닥을 쳐서 색종이를 따먹는 놀이에는 자신이 있었다. 금세 숙희의 바지 주머니가 색종이로 두둑해졌다. 한참 놀다 보니 아이들이 하나둘 집으로 돌아갔다.

괭이부리말에서는 어머니들이 아이들을 부르러 나오는 광경은 볼 수 없었다. 2층 마당에서, 큰길가에서, 골목 사이에서 모여 놀던 아이들은 날이 어둑어둑해지고 배가 고파지면 제풀에 지쳐 집으로 돌아갔다. 때때로 밤 늦게까지 노는 아이들도 있었지만, 날씨가 쌀쌀해지자 아무래도 아이들은 일찍 흩어졌다. 숙희는 혼자서 2층 마당을 빙빙 돌다가 발길을 돌렸다.

집으로 가기 전에 공중화장실에 들어가 오줌을 누는데, 화장실 뒤에서 두런두런대는 소리가 들렸다. 영락없이 숙자와 동준이었다. 숙희는 바지춤을 급하게 올리고 뒷골목으로 갔다.

"니네들 뭐야, 정말 의리 없게."

숙희가 갑자기 나타나자 커다란 쌀 포대 자루를 묶던 숙자와 동준이는 화들짝 놀랐다.

"아이, 깜짝이야."

"왜 몰래 숨어서 오냐?"

동준이가 자루를 뒤로 숨기며 말하자 숙희는,

"내참, 지네들이 나 빼놓고 숨어 있었으면서 나한테 되레 난리야."

하고 쏘아붙이고 나서,

"치사하게 나만 빼놓고 너네 뭐 한 거야? 너네 나쁜 짓 했지?"

하고 다그쳤다.

"아, 아냐, 그게 아니구……."

숙자는 갑자기 할 말을 찾지 못해 쩔쩔맸다.

"그게 아님, 그럼 뭐야? 동준이가 뒤로 숨긴 거, 그게 뭐냐구?"

숙희는 동준이 앞으로 가서 동준이가 들고 서 있는 자루를 낚아챘다. 그러더니 자루 안을 들여다보고는,

"어, 이게 뭐야? 겨우 빈 깡통이잖아?"

하고 놀랐다.

"그래, 깡통이다, 어쩔래?"

동준이는 숙희한테서 냉큼 자루를 도로 빼앗으며 말했다.

"너네 그거 어디서 가져온 거야? 너네 재활용하는 데서 훔쳐 왔냐?"

숙희가 따져 묻자 한참을 망설이고 섰던 숙자가 동준이 앞으로 나서며 말했다.

"요새 동준이랑 나랑 화도진 공원에 가서 깡통 줍는다."

"왜?"

"주워서 팔려구."

"팔아서 뭐 하려구?"

"있잖아, 우리 이걸루 아기 내복이랑 장난감 사 주려구. 우리 4학년 때 담임네 집에 가서 본 거, 천장에 매다는 장난감 말야, 그거 사려구 그래."

숙자는 숙희의 눈치를 살살 살피며 어렵게 말을 했다.

"그런데 왜 나한테 말 안 했어?"

숙희는 숙자 이야기를 듣고 또다시 토라져 버렸다.

숙자는 숙희가 계속 화를 내자 그만 땅바닥에 털썩 주저앉아 버렸다. 해가 다 기울기도 전이었지만 축대와 화장실 사이에 끼인 골목은 다른 곳보다 빨리 어두워졌다. 날씨가 어두컴컴해지면서 바람이 차졌다. 동준이도 숙자를 따라 쭈그리고 앉았다. 화장실을 관리하는 아저씨가 땔감으로 쓰려고 쌓아 놓은 나무 더미가 아이들 위로 얼기설기 얹혀져 있어 위험해 보였다. 그러나 그 덕분에 쭈그려 앉으면 바람이 들지 않아 따뜻했다.

숙희는 여전히 보로통하니 삐쳐 있었다. 숙자는 동준이에게 숙희 좀 달래 보라고 눈치를 주었지만 동준이는 땅바닥만 바라볼 뿐 꿈쩍도 안 했다. 할 수 없이 숙자가 다시 일어나 숙희 옆에 섰다.

"원래, 너도 시키려구 그랬어. 정말이야, 오늘쯤 너도 같이 하자고 말하려구 그랬어. 넌 원래 이런 거 싫어하잖아. 그래서 니가 싫다구 그럴까 봐……."

"웃기지 마."

숙희는 코방귀를 뀌면서 눈을 흘겼다.

"미안해, 정말이야. 미안해, 숙희야, 이제 그만 화내."

숙자는 토라진 숙희를 달래느라고 쩔쩔매는데 동준이는 내내 입을 다물고 있었다.

동준이는 사실 숙자와 둘이서만 하고 싶었다. 숙희와 같이 다니면 싸울 일도 아닌데 싸우게 되고 귀찮은 것이 많았다. 동준이는 숙희가 자기도 끼워 달라고 할까 봐 마음을 졸였다.

그런데 숙자가 거듭 사과를 하는 바람에 화가 좀 풀렸는지 숙희가 불쑥 물었다.

"그거 줍는 거 안 창피해?"

숙자가 반가운 마음에,

"창피하긴 뭐가 창피해. 하나도 창피하지 않아."

하고 말하자, 여태껏 입을 다물고 있던 동준이가 일어나며 숙희에게 딴죽을 걸었다.

"근데 좀 조심해야 할 게 있어."

동준이의 속셈을 모르는 숙희는,

"그게 뭔데?"

하고 물었다.

"뭐냐면, 화도진 공원에 있는 병이랑 깡통은 원래 할아버지들이 줍거든. 그래서 몰래몰래 주워야지, 안 그러면 들켜서 혼나. 숙자랑 나도 잡혀서 한 번 혼날 뻔했다. 할아버지들이 지팡이를 들고서 막 쫓아온다니까. 얼마나 무서운지 몰라."

"그래? 재밌겠는데. 나도 할래."

숙희는 몰래 숨어서 깡통을 줍는다는 말에 오히려 호기심이 당겼다.

동준이는 숙희를 떼 버리려던 속셈이 안 먹혀 들자 울상을 지었다. 그런 동준이를 보면서 숙자는 쿡쿡 웃어 버렸다.

그다음부터 숙희도 학교가 끝나면 숙자와 동준이를 따라 깡통 줍기에 나섰다.

12월이 되자 날씨가 제법 추워졌다. 화도진 공원에는 은행잎마저 다 떨어지고 사람들 발길도 뜸해졌다. 그래서 깡통을 줍는 것도 수월치 않았다. 별 수 없이 아이들은 육천 원 남짓되는 돈으로 만족하고 깡통 줍기를 그만두어야 했다.

깡통 줍기를 끝낸 날, 아이들은 걸어서 동인천으로 나갔다. 예쁜 모빌과 아기 내복을 살 깜냥이었다. 그러나 아이들은 한 시간 넘도록 발품만 팔았지, 정작 아무것도 사지 못했다. 육천 원으로 살 수 있는 내복도, 모빌도 없었다.

"야, 며칠 있으면 동수 형이 월급 타 온댔는데, 동수 형한테도 좀 달래자."

동준이가 풀이 죽은 숙자와 숙희를 위로했지만 둘의 얼굴은 쉽게 펴지지 않았다.

서로 아무 말 없이 지하상가를 빠져 나오는데 갑자기 동준이가,

"야, 저기 봐."

하고 소리를 질렀다. 지하상가와 이어지는 시장통에 있는 노점 한 귀퉁이에 '아기 내복 육천 원, 면 100퍼센트'라고 쓰인 팻말이 세워져 있었다.

아이들은 앞을 다투어 뛰어갔다. 포장이 안 된 내복들이 좌판 가득 쌓여 있었다. 가슴 한가운데 둘리가 그려져 있는 내복이었다. 색깔은 딱 두 가지였다. 파란색과 분홍색.

숙자가 내복을 이리저리 들추어보고 있는데 숙희가,

"아줌마, 갓난아이한테 맞는 것도 있어요?"

하고 물었다.

"아기가 몇 개월 됐는데?"

좌판 한쪽에서 칼국수를 먹고 있던 노점 아주머니가 커다란 깍두기를 입에 문 채 물었다.

"아직 태어나지 않았는데요."

"그래? 그럼 거기서 목덜미에 '55'라고 되어 있는 거 고르면 돼."

"55요?"

"근데, 무슨 색으로 사지?"

숙자가 곤란한 표정을 지었다.

"분홍색으로 사야지."

숙희는 대번에 분홍색을 사야 된다고 했다.

"그러다가 남자아이면 어떡해."

"여자애야."

숙희는 또 고집을 부렸다.

"니가 어떻게 아냐?"

"여자애야. 그냥 분홍색 사."

아이들이 하는 이야기를 잠자코 듣던 아주머니는 다 먹은 칼국수 그릇을 땅바닥에 내려놓고 아이들 곁으로 왔다.

"요즘 애들은 분홍색, 파란색 안 가려 입어. 그냥 마음에 드는 거 사."

"거 봐."

숙희는 '55'라는 딱지가 붙은 분홍색 내복을 찾아 들고,

"이걸루 주세요."
하며 아주머니에게 내밀었다. 아주머니는 검은색 비닐 봉투에 내복을 넣으면서,
"근데 니들 이거 누구 줄라구 사는데?"
하고 물었다.
"우리 엄마가 내년 1월에 아기를 낳거든요."
숙자가 대답했다.
"그래서 니들이 동생 선물 사는 거야?"
"네, 이거 저희들이 한 달 동안 깡통 팔아서 모은 돈으로 사는 거예요."
동준이가 우쭐대며 말하자 노점상 아주머니는,
"어이구, 기특하구먼."
하며 동준이 머리를 쓰다듬었다. 그러더니,
"내가 오백 원 깎아 줄 테니까, 새우깡이라도 사 먹어라. 그리구 이거 집에 가서 한 번 빨아 입혀야 된다."
하고 인심을 썼다.
"고맙습니다."
아이들의 목소리가 금세 밝아졌다.

20. 동수의 선물

동수는 자전거에 열쇠를 채운 뒤 신문 보급소를 나왔다. 지난달에 수습 기간까지 합쳐서 꼬박 40일을 뛰고 십삼 만 원을 벌었다. 생각만큼 많은 돈은 아니었지만 처음 벌어 보는 떳떳한 돈이었다.

동수는 문득 지난가을 집을 나가 보름 동안 노래방에서 아르바이트를 한 일이 생각났다. 우연히 동준이 바지 주머니에서 밀린 급식비 청구서를 보고 동준이 급식비라도 마련할 깜냥으로 무조건 집을 나가 노래방에서 일을 했다. 하루 종일 노래방과 호프집 뒤치다꺼리를 하면서 받은 일당은 이천 원이었다. 잠은 호프집이 문을 닫은 뒤 소파 위에서 자고, 밥은 손님들이 먹다 만 안주거리를 먹었다. 너무 힘들었다. 오랫동안 그렇게 지낸 형들은 이골이 나서 힘들지도 않은지, 호프집 설거지가 끝나면 만화방이나 게임방에서 밤을 샜다. 동수는 일당도 제대로 주지 않는데다가, 형들이 하루하루 살아가는 모습을 보며 저렇게 살면 안 될 것 같은 생각이 자꾸만 들어 몰래 도망 나왔다. 동수는 이제 그렇게 살고 싶지 않았다. 떳떳하고 힘들게 일해서 돈을 벌고 싶었다.

동수는 지하상가를 다섯 번이나 왔다갔다했다. 동준이에게 줄 겨울 점퍼를 사고 싶었다. 그러나 옷값이 만만치 않았다. 동수는 우선 명환이와 영호 삼촌에게 줄 양말부터 샀다. 그리고 백화점 1층에 가서 동물 모양의 알록달록한 양말 두 켤레와 분홍색 숙녀용 양말도 한 켤레 샀다. 양말 세 켤레 사는 데 돈 만 원이 훌쩍 넘어갔다.

동수는 터덜터덜 걸어서 송현 시장까지 갔다. 마음 같아서는 상표 이름이 있는 좋은 점퍼를 사 주고 싶었는데, 결국 시장에서 사기로 했다.

오랜만에 와 보는 시장은 유난히 썰렁했다. 왁자한 시장통의 모습은 온데간데없고 골목마다 스산하기 짝이 없었다. 동수는 영문을 몰라 두리번거리다가 건어물 골목으로 들어가는 모퉁이에 멈춰 섰다.

넓적한 대나무 채반에 마른 생선을 놓고 파는 할머니가 아직도 있었다. 할머니는 여전히 까맣고 반질반질 윤이 나는 대나무 채반 위에 마른 박대와 조기 새끼들을 한 무더기씩 놓고 앉아 있었다. 아주 오래 전 어머니가 집을 나가기 전에, 어머니는 동수를 데리고 시장에 오면 늘 그 할머니한테 가서 생선을 샀다. 할머니는 예전보다 훨씬 늙수그레하게 보였다. 닳고 닳아 올이 다 풀린 갈색 털모자를 뒤집어쓰고 털 스웨터에 검은색 나일론 파카까지 겹겹이 껴입고 있는 할머니는 멀리서 보니 꼭 굴왕신 같았다.

동수는 할머니한테 가까이 가서 불렀다.

"할머니!"

혹시라도 귀가 잘 안 들릴까 해서 목소리를 높였다.

할머니가 고개를 들었다. 깊게 팬 주름살이 추위에 얼어 골이 더 깊어 보였다. 동수의 마음이 짠해졌다. 할머니는 동수를 알아볼 리 없는데, 동수는 반가운 마음에 하마터면 할머니를 껴안을 뻔했다. 그러나 아는 척을 하지는 못했다. 그 대신 살 마음도 없는 박대 새끼를 가리키며 물었다.

"이거, 박대 맞죠?"

"에구구, 남학생이 잘두 아는구먼. 살려구?"

"네."

동수는 얼떨결에 대답을 해버리고는 할 수 없이 다시 물었다.

"이거, 한 무더기에 얼마예요?"

"이 작은 걸루다간 다섯 마리에 오천 원, 큰놈으로는 세 마리에 오천 원."

"어휴, 비싸네요."

"비싸긴, 박대 값이야 늘 똑같지. 어쩔 거야? 살 거야, 안 살 거야?"

"살 거예요."

동수는 할머니가 다그치자 다시 얼떨결에 대답을 해버렸다. 그러자 할머니가 앓는 소리를 내며 무릎을 펴고 일어났다. 할머니는 허리를 엉거주춤하게 펴고서 큰 박대 세 마리에다가 작은 박대 한 마리를 더 얹어 봉투에 담으며 말했다.

"에구구, 학생, 이 큰놈으로 가져가. 그래야 먹을 게 있지. 내 작은 거 덤으로 한 마리 더 넣어 줄게."

"네, 그러죠, 뭐."

동수는 주머니에서 돈을 꺼내 주며,

"근데 할머니, 시장이 왜 이렇게 썰렁해요?"

하고 물었다.

"여직 몰라? 저기 수도국산 다 철거됐잖아. 저기, 저 골목 너머로 보이잖아. 집 다 허물고 산까지 죄 깎아 놨잖아. 이제 저기에 아파트가 들어선다구. 아파트가 들어설 때까지 버틴다면 모를까, 지금 이 시장 사람들은 죄 망했어. 하긴 우리네들만 망했나, 저 달동네에서 세 살던 사람들은 어디로 가서 겨울을 날지 몰라. 에구, 사는 게 뭔지."

동수는 생선 봉투를 들고 야채 가게 앞에 쳐진 천막 너머로 잠깐 잠깐 보이는 굴착기와 불그스름한 흙더미들을 바라보았다. 그러고 보니 이미 산동네가 반쯤이나 깎이고 가파른 산등성이로 다닥다닥 붙어 있던 집들이 보이지 않았다. 산동네와 시장을 이어 주는 길 위에는 '송현 시장 상인 여러분, 힘내십시오.'라고 쓰인 플래카드가 바람에 펄럭이고 있었다.

동수는 지난가을 함께 노래방에서 먹고 자고 하던 형이 생각났다. 집 나온 지 1년이 되었다는 그 형네 집이 수도국산 꼭대기라고 했다. 이제 그 형은 집으로 돌아가고 싶어도 돌아갈 곳이 없게 되었다. 쓸쓸한 시장 골목을 휩쓸고 나온 차가운 바람이 동수의 가슴속을 파고드는 것 같았다.

"그럼 할머니, 많이 파세요."

동수는 할머니에게 인사를 하고 옷 가게 골목으로 갔다. 옷 가게에서 동준이 점퍼를 샀다. 검은색에 빨갛고 하얀 줄이 쳐진 야구 점퍼였다. 동준이는 항상 야구 점퍼를 입고 싶어했다. 옷 가게를 나오자마자 건너편 튀김집에서 오징어 튀김을 막 건져내고 있는 것이 보였다. 동수는 동생들 생각에 튀김과 순대를 샀다. 아주머니가 순대를 써는 동안 가게 밖으로 나와 있는 긴 나무 의자에 걸터앉았다.

동수는 자꾸만 어머니 생각이 났다. 시장 골목은 어머니와

함께 온 7년 전과 다름이 없었다. 튀김집도, 건어물 가게도, 야채 가게도 그 자리에 그대로 있었다. 그리고 튀김집 아주머니도, 마른 생선 파는 할머니도 여전히 그 자리에서 장사를 하고 있었다. 모든 것이 다 그대로였다. 그러나 동수는 키가 훌쩍 커 버렸고 어머니는 시장 골목 어디에도 없었다.

동수는 순대를 다 썰고 봉투에 담는 아주머니에게 말했다.

"아줌마, 오뎅 국물 좀 먹어도 돼요?"

"그럼. 춥지? 거기 종이컵으로 퍼서 먹어."

"고맙습니다."

동수는 자꾸만 목구멍을 넘어오는 어머니 생각을 국물과 함께 꿀꺽꿀꺽 삼켰다. 어머니에 대한 그리움은 그저 가슴 깊이 묻어 두는 편이 나았다. 아직도 동수는 슬픔과 마주할 용기가 없었다. 그리움이 몽글몽글 올라오고 나면 늘 뒤이어 원망과 미움이 따라오기 때문이었다. 그래서 동수는 언제나 그런 것처럼 그리움을 마음속으로 깊숙이 밀어 넣었다.

동수는 튀김과 순대가 담긴 봉투를 들고 나오다가 튀김집으로 다시 들어갔다.

"저, 아줌마, 오뎅도 포장해 주나요?"

"그럼."

"그러면 국물이랑 오뎅 세 꼬치랑 넣어서 주세요."

"멀리 갈 거유?"

"아뇨."

동수는 스티로폼 그릇에 담긴 오뎅을 조심스레 들고 생선 파는 할머니에게 갔다.

"할머니, 추우실 텐데 이거 드세요."

동수는 채반 한구석에 그릇을 놓고 도망치듯 시장통을 빠져나왔다.

저녁을 먹고 난 뒤 동수는 사람들 눈치를 보다가 슬쩍 일어나 방으로 들어갔다. 그리고 선물 꾸러미들을 들고 나왔다.

"삼촌, 나 월급 탔어요."

포장한 선물을 하나씩 내밀었다.

"이건 명환이 꺼, 이건 영호 삼촌 꺼, 그리고 이건 숙자, 숙희 꺼, 그리고 이건 선생님 꺼."

그러고는 동준이를 보며 빙긋이 웃더니 점퍼가 담긴 종이 가방을 내밀었다.

동준이는 동수가 내미는 종이 가방을 얼른 받아 들지 못하고 어리둥절해하기만 했다.

"이게 뭔데?"

"니 점퍼야."

동준이는 형을 빤히 바라보더니 종이 가방에서 옷을 꺼냈다. 그리고 점퍼를 입고는 안방 장롱 앞에 가서 제 모습을 거

울에 비춰 보았다. 금세 동준이 눈에 눈물이 글썽였다.

명희는 동수가 준 분홍색 양말을 만지작거리다가 고이고이 접어 가방에 넣고는 동준이에게로 갔다. 그리고 바지 주머니에서 손수건을 꺼내 동준이 눈을 닦아 주었다.

21. 김장하는 날

“야, 동수야, 수돗물 틀어.”

“선생님, 여기 소금 좀 더 뿌려요. 밤새 절인 배추가 왜 이러냐? 선생님이 아무래도 어제 소금을 덜 넣은 것 같은데…… 배추가 밭으로 그냥 가겠네.”

“어머, 어떡하죠?”

명희가 당황하자 숙자 어머니가 웃으면서 말했다.

“뭘 어떻게 해. 김치 다 물러 터지면 선생님이 다 드시면 되지.”

“엄마, 이 무랑 갓이랑 섞어두 돼?”

“명환아, 찹쌀 죽 넘지 않나 잘 봐.”

“니들 자꾸 배춧속 집어 먹다간 배탈 난다.”

새벽부터 영호네 집이 북적북적댔다. 김장을 하는 날이다. 배추를 다 씻고 양념 준비를 마치자, 명희와 명환이는 숙자 어머니를 도와 배춧속을 넣고, 동수와 영호는 김장독에 배추 넣는 일을 맡았다. 숙자와 숙희, 동준이는 잔심부름을 맡았다.

"에구구, 선생님, 배춧속을 그렇게 많이 넣으면 어떻게 해요."

"아이구, 명환아, 배추를 그렇게 헤쳐 놓으면 어떡하니. 속이 다 떨어지잖아."

숙자 어머니는 남산만 한 배를 주체 못해 숨을 할딱이면서도 계속 잔소리를 했다.

"선생님! 쯧쯧, 집에서 엄마도 한 번 안 도와드렸나 봐요."

숙자 어머니의 핀잔에 명희는 얼굴을 붉혔다.

"저도 걱정이에요. 뭐 제대로 하는 게 없으니……."

"그래도 그 덕에 선생님이 되셨잖아요. 난 우리 숙자를 너무 부려먹기만 하는 것 같아서 늘 미안해요. 공부할 새도 없이 집안일 뒤치다꺼리만 하게 해서……."

숙자 어머니는 만삭이 다 된 탓에 일하는 것이 몹시 힘들었다. 그러나 아이들이 좁은 부엌과 방을 오가며 재잘대는 모습을 보는 것이 마냥 즐거웠다. 숙자와 숙희는 동수, 동준이, 명환이와 섞여 있을 때 가장 밝았다. 숙자 어머니는 많은 형제 속에 어울려 살던 어린 시절이 자꾸만 떠올랐다. 가난하지만 형제들 틈에 섞여 있어 행복하던 시절이었다. 숙자 어머니는 숙자와 숙희가 이렇게 어울릴 곳이 있는 것이 다행이다 싶었다.

"숙자 어머니, 배고프지 않으세요? 혹시 만두 좋아하세요?"

명희는 남산만 한 배로 힘든 김장을 하는 숙자 어머니가 안쓰러워 자꾸 눈치가 보였다.

"괜찮으세요? 너무 힘들면 그냥 두세요."

"아이고, 하나도 안 힘들어요. 숙자, 숙희 때는 쌍둥이를 임신하고도 김장을 혼자 다 했는걸요."

숙자 어머니는 콧등에 맺힌 땀을 씻어 내며 말했다.

"저는 배고픈데, 우리 만두 사다 먹으면서 좀 쉬엄쉬엄하죠?"

명희가 동수를 쳐다보며 말하자 동수가 냉큼 일어나 점퍼를 꺼내 입으며 말했다.

"좋아요, 제가 사 올게요."

명희에게서 돈을 받아 낸 동수가 아이들을 데리고 나가자 묵묵히 배춧속만 넣고 있는 명환이를 쳐다보며 명희가 말했다.

"명환이도 그만하구 따라갔다 오지 그래?"

"하, 하던 일은 끄, 끝까지 해야죠."

"명환이 안 힘들어?"

명희는 왠지 풀이 죽은 듯한 명환이를 살피다가 넌지시 물었다.

"아, 아뇨."

"명환아, 요즘 뭐 걱정 있니?"

"아, 아뇨, 그냥 새, 생각할 게 많아서 그래요."

"무슨 생각을 하는데?"

"난 뭘 잘할 수 있을까, 그, 그런 생각요."

"그랬구나. 그래서 생각해 봤니?"

"아, 아뇨, 자, 잘 모르겠어요. 아, 아무리 생각해도 생각이 안 나요."

명환이와 명희의 이야기를 잠자코 듣고 있던 영호가 명환이 곁에 앉으며 물었다.

"하고 싶은 건 있나 보네. 명환아, 말해 봐. 하고 싶은 게 있으면 이 삼촌이 다 해줄게."

"저, 저……."

명환이는 한참을 머뭇거리기만 했다.

"무슨 말인데, 해봐."

"저, 저, 사, 삼촌."

"그래, 망설이지 말고 말해 봐."

"나, 나도 동수처럼 도, 돈 벌구 싶어요. 나두 동수처럼 돈 벌어서 삼촌 야, 양말도 사 주구, 선생님한테도 예쁜 양말 사 주구, 애들한테도 선물 사 주구, 그리구, 그리구 내 동생 옷도 사

주구 싶어요. 그, 근데 나는 아, 아무것도 모, 못하잖아요. 나는 취직할 데도 없잖아요. 내가 시, 시, 신문 보급소에도 가 봤는데 나, 나는 아, 안 된대요."

영호는 명환이 이야기를 들으면서 그동안 미처 명환이의 마음을 헤아리지 못한 것이 한없이 미안했다.

"명환아, 그럼 삼촌이 어디 취직 자리 알아봐 줄까?"

"고, 공장 같은데요?"

"뭐, 그럴 수도 있구."

"싫어요."

명환이는 정색을 하며 도리질을 했다.

"싫어? 그럼 명환이가 하고 싶은 게 뭔데?"

"모, 모르겠어요."

"니가 제일 자신 있는 건 뭔데?"

명환이는 계속 모른다는 말만 되풀이하더니 입을 다물어 버렸다. 그 바람에 네 사람은 한참 동안 배춧속만 넣을 뿐 아무 말도 하지 않았다. 그러다가 숙자 어머니가 퍼뜩 생각이 났다는 듯이 명환이를 보며 말했다.

"명환이 음식 잘하잖아."

"그래, 음식 잘하지! 정말, 명환이는 음식 솜씨 좋잖아? 숙자 어머니, 명환이는 배춧속 넣는 것도 꼼꼼히 잘하죠?"

명희도 맞장구를 쳤다. 영호는 명환이의 눈치를 살펴보고는

슬쩍,

"명환아, 너 요리 학원 다닐래?"

하고 물었다.

"요, 요리 하, 학원요?"

명환이는 귀에 솔깃했는지 푹 숙이고 있던 고개를 들고 말했다.

"응, 요리 학원."

"……."

명환이는 대답은 안 했지만 얼굴 표정이 이내 밝아졌다. 명환이가 싫지 않은 눈치이자 숙자 어머니는,

"그거 좋은 생각이네. 명환아, 요리 학원 다녀서 조리사 자격증 같은 거 따 봐. 그래서 나중에 아줌마랑 식당 하자."

하고 말했다.

"식당요? 그거 좋은 생각이네요."

영호도 숙자 어머니의 말에 맞장구를 치며 좋아했다.

모처럼 명환이의 얼굴이 환해졌다.

김장은 해가 어둑어둑해질 무렵에야 다 끝났다. 김장이 끝나자 숙자 어머니는 지친 몸으로 곧장 집으로 돌아갔다. 아이들은 피곤하기도 하련만 밤 늦은 시간까지 씽씽했다.

방 한구석에서 노는 아이들을 보면서 명희가 슬쩍 영호에게

말을 걸었다.

"숙자네 어머니 절에 다니신다구 그랬지?"

"응, 숙자 아버지도 절에 모셨으니까."

"그럼, 우리가 아이들하고 성탄 잔치 한다고 하면 싫어하실까?"

"성탄 잔치?"

"응, 사실 크리스마스 하면 기독교 신자가 아니래도 아이들한테는 특별하잖아."

"그래서 우리 집에서 성탄 잔치 하자구?"

"응."

"기도하고 그러는 건 아니지?"

"아니야, 그런 거. 그냥 아이들하고 집도 꾸미고, 크리스마스트리도 만들고, 조그맣게 잔치도 하고, 그러는 거지, 뭐."

"그래, 그런 거야 좋지, 뭐."

22. 희망

방학식 날이다.

김명희 선생님은 오늘 반 아이들에게 일일이 다 카드를 써 주었다.

저녁마다 영호네서 만나는 선생님이건만 숙자는 자기 카드에다가는 선생님이 무슨 말을 써 주었을지 궁금했다.

선생님은 카드를 번호 순서대로 나누어 주었다. 차례가 되자 숙자도 교단 앞으로 가서 카드를 받았다. 카드를 주며 선생님은 한쪽 눈을 찡긋했다. 숙자도 살짝 웃었다.

숙자야, 나야, 명희.

숙자야, 나는 요즘 날마다 하느님께 기도를 드린단다. 숙자를 내 곁에 보내 주신 거랑, 숙자처럼 고운 마음씨를 가진 아이를 첫 제자로 주신 거랑, 모두 모두 고맙다고 말야.

숙자야, 사랑해.

숙자는 카드에 적힌 짧은 글 중에서도 마음에 꼭 드는 말이 있었다. 숙자는 가슴에다가 카드를 갖다 댔다. 팔딱팔딱 뛰는 숙자의 가슴속으로 선생님이 써 준 '사랑해'란 낱말이 새겨졌다.

명희는 방학식이 끝나고 동료 선생님들과 함께 간 회식 자리가 영 불편했다. 아이들과 저녁에 성탄 장식을 하기로 약속했기 때문이다. 그래서 명희는 선생님들의 만류에도 불구하고 저녁도 먹는 둥 마는 둥 하고 나와 버렸다. 그리고 문방구점에 들러 성탄 장식을 할 재료를 사 가지고 서둘러 영호네 집으로 갔다.

"선생님, 크리스마스트리 만든다면서 왜 종이만 사 오셨어요?"

동준이는 명희가 사 온 재료를 뒤적거리면서 물었다.

"지금 만들 거야. 잘 봐."

명희는 둘둘 말아 온 커다란 초록색 종이를 방바닥에다 폈다. 그러더니 그 큰 종이를 가위로 슥슥 오려 크리스마스트리 모양으로 만들었다.

“우와, 단박에 오려 버리네. 명희 너, 솜씨 좋다.”

아이들보다 영호가 더 놀란다. 명희는 나무 모양의 초록색 종이를 냉장고 문에 붙였다.

“얘들아, 여기가 우리 크리스마스트리다. 여기에 장식하는 거야.”

아이들은 잠시 어리벙벙하게 서로 마주 보더니 색종이와 금색, 은색 종이를 오려 나무를 장식하기 시작했다. 명환이는 색색의 종이로 고리를 만들어 방문과 부엌 문 위에 걸었다. 동수는 명희가 가져온 색종이 접기 책을 한참 들여다보더니 제법 멋진 크리스마스 환을 만들어 냈다. 명희는 동수의 눈썰미와 꼼꼼한 손놀림을 눈여겨보았다.

장식을 다 끝내고 집으로 돌아가려는데 동수가 바래다주겠다며 명희를 따라나섰다.

바닷가인 괭이부리말은 겨울이 되면 밤안개에 뒤섞인 탁한 공기가 온 동네를 휘감는다. 부두 쪽에 있는 유리 공장 굴뚝은 밤만 되면 더 많은 연기를 뿜어 내는 것 같다.

명희는 콜록콜록 기침을 하고 나서 말했다.

“이 동네는 공기가 너무 나쁘지?”

“다 그렇잖아요, 인천은.”

"그래도 이 동넨 더 심해. 너희도 날마다 코 막혀 있지? 아마 다들 비염일 거야."

"코 막히는 거요? 우리 동네 애들 콧물 흘리는 건 기본이잖아요. 새벽 되면 공기 더 나빠요. 신문 돌리고 나면 목이 칼칼한 게, 가래가 잔뜩 끼는걸요."

"그렇겠지. 걱정이다."

"뭐가요?"

"공해랑, 호흡기병이랑, 그런 거 말야."

"우리 동네 사람들은 다 그냥 그렇게 사는걸요, 뭐."

동수는 명희가 별스럽게 군다는 듯이 틱틱댔다.

"그래서 더 걱정이라는 거야. 그건 그렇구, 신문 배달은 계속할 거니?"

"아뇨, 학교 입학하면 다른 걸루 바꿔야죠."

"뭘 했으면 좋겠는데?"

"모르겠어요. 어디 공장 같은 데 취직을 해야 될 것 같은데⋯⋯ 뭐, 학교에서도 취업 시켜 준대니까 기다려 봐도 되구요. 영호 삼촌이 동네 선배가 다니는 공장에 부탁을 해놨다구 그러던데, 생각 좀 해보구요."

"그래도 이것저것 봐야지, 전망이랑⋯⋯."

"전망요?"

명희의 말에 동수는 떨떠름한 표정으로 물었다.

"왜, 내가 뭐 잘못 말했니?"

명희가 되묻자 동수는 고개를 숙이며,

"아뇨, 그런 건 아니구요. 제 처지에 전망이니 뭐니 하는 게 좀 우습잖아요."

하고 대답을 했다. 동수의 말에 명희는 정색을 하며,

"왜 그렇게 생각하니?"

하고 물었다.

"모르겠어요."

동수는 고개를 들어 공장 쪽을 바라보았다. 괭이부리말 옆으로 우뚝 솟아 있는 공장에서는 아직도 불빛이 훤하고 기계 소리가 윙윙댔다.

"선생님, 저 공장이 뭐 하는 덴지 아세요?"

"대영 중공업이라며."

"그래요. 저기는 삼교대예요. 불경기인데도 밤에도 일해요. 근데 요즘 저 공장이 순전히 빚투성이라 곧 망할지도 모른다는 소문이 돌아요. 아마 저 공장 문 닫으면 우리 괭이부리말은 더 가난해질 거예요. 우리 동네 사람 중에서 저 공장에 다니는 사람들은 그래도 살 만한 사람들이거든요."

명희는 동수의 말에 고개를 끄덕였다. 그리고 동수가 다음에 무슨 말을 하는지 기다렸다. 그러나 동수는 더 말을 않고 묵묵히 걷기만 했다. 동수는 복지관 앞 버스 정류장까지 와서도 머뭇거리며 말을 않더니 겨우 입을 열었다.

"어릴 때는 아까 그 공장에서 기술자로 일하고 싶었어요. 울 엄마 소원이, 아버지가 큰 회사에 다녀서 보너스랑 월급 꼬박꼬박 가져오는 거였거든요. 엄마랑 시장 갔다 올 때마다 그 공장 담 밑에서 엄마가 늘 그랬어요. 넌 이 다음에 커서 이런 공장에 다니라구요."

"아직도 그런 생각 하니?"

"네."

동수는 망설임 없이 대답했다. 명희는 생각에 빠져 버스를 한 대 그냥 보냈다.

"어, 선생님, 저거 안 타세요? 막차일지도 모르는데."

"택시 타지, 뭐."

명희는 다시 뭔가 곰곰이 생각하다가 동수에게 물었다.

"동수는 다른 큰 꿈은 없니?"

"다른 큰 꿈요?"

"그러니까, 난 뭐가 하고 싶다, 뭐가 되고 싶다, 그런 거 말야."

"기술자가 되고 싶다니까요."

"기술자? 어떤 기술자가 되고 싶은데? 기술자도 여러 가지가 있잖아."

명희가 꼬치꼬치 묻기 시작하자 동수는 뜨악한 표정을 지었다.

"선생님이 무슨 말씀 하시는지 알아요. 선생님은 좀 그럴듯한 직업을 말씀하시는 거죠? 그런데 전 그냥 기술자가 되고 싶어요. 한 가지 기술로 오랫동안 직장을 다닐 수 있는 그런 기술자, 그게 제 꿈이에요. 배우는 데 좀 힘들어도 오래 할 수 있는 일 말이에요. 그런 일을 하고 싶어요. 근데 그게 뭔지는 아직 모르겠어요. 그렇지만 꼭 그런 기술자가 되어서 우리 동준이 대학도 보내 주고, 착한 여자 만나서 잘살고 싶어요. 그리고 좋은 아빠가 되는 거, 그게 제 소원이에요. 선생님은 제 소원이 시시하다고 생각하시죠?"

동수는 명희의 속마음을 꿰뚫어 보듯이 말했다.

"시시하다고 생각하는 건 아니구, 난 동수가 더 많은 능력을 가지고 있다고 생각하니까 좀 아쉬운 거야."

"선생님은 저를 너무 크게 생각하시는 것 같아요. 선생님이 절 믿어 주시는 건 좋지만요, 부담스러워요."

명희는 집으로 돌아가는 택시 안에서 자신에게 물었다. 아직도 좋은 아버지가 되고, 듬직한 형이 되는 것이 작고 보잘것없는 꿈이라고 생각하는지. 아직도 착한 사람으로 사는 건 시시하다고 생각하는 것은 아닌지. 명희는 또 숙제가 밀린 아이처럼 마음이 무거워졌다.

23. 크리스마스이브에 버려진 아이

영호는 월미도 선착장에 내리자마자 동인천 쪽으로 가는 버스에 올라탔다. 점퍼 안주머니가 두둑해서 영종도 공항에서 배터까지 걸어오는 동안에 추운 줄도 몰랐다. 그동안 일한 삯을 건설 회사에서 계속 미루자 돈을 못 받을까 봐 무척 마음을 졸였다. 영호는 두툼한 돈 봉투의 촉감이 전해질 때마다 아이들 얼굴이 떠올라 벙글벙글 웃음이 새어 나왔다.

어젯밤 동준이는 소풍 가기 전날처럼 잠이 안 온다며 밤 늦게까지 뒤척거렸다. 그까짓 성탄 잔치 가지고 들떠서 그러느냐고 꾸지람을 줬지만, 사실 영호도 자꾸 마음이 설레었다. 영호도 성탄 잔치란 건 처음이었다. 어릴 때 다니던 교회에서 성탄 예배를 보고 빵이며 사탕 봉지를 받아 들고 나온 기억이 있지만, 왠지 그다지 따뜻한 기억으로 남아 있지 않았다.

영호는 큰마음 먹고 백화점으로 들어갔다. 백화점은 발 디딜 틈이 없었다. 경기가 안 좋다고는 하지만 여전히 백화점은 북적대고, 사람들은 비싼 물건을 척척 잘도 샀다. 영호는 1층부터 5층까지 한 번 쭉 둘러보고는, 1층 'IMF 특별 상품'을 파는 곳에서 아이들에게 줄 장갑을 샀다. 그리고 지하 1층으로 내려가 쇠고기를 한 근 사고 삼겹살도 샀다. 성탄 잔치라면 우선 먹을 게 푸짐해야 될 것 같았다. 그리고 조금 망설이다가 산타 할아버지와 사슴 장식이 되어 있는 초콜릿 케이크도 하나 샀다.

모두들 둥글게 둘러앉았다. 명희는 일어나서 숙자가 들고 있는 촛불에 불을 붙이고 형광등을 껐다. 사방이 깜깜해지자 촛불을 든 숙자의 얼굴만 보였다.

숙자는 금방이라도 빨려 들어갈 것처럼 촛불을 바라보고 있었다. 그런 숙자를 보던 동준이는 옆에 있는 동수를 툭툭 치더니 귀에다 대고 속삭였다.

"형, 숙자 되게 이쁘지?"

동수는 동준이를 내려다보며 피식 웃었다.

"자, 지금부터 촛불 의식을 합니다. 숙자가 먼저 한 해 동안 제일 기억에 남는 일이 무엇인지 말하는 거예요. 속상한 일,

슬픈 일, 고마운 일, 그리고 새해에 바라는 일, 그런 걸 얘기한 다음에 옆에 있는 사람의 초에 불을 붙여 주는 거예요. 그리고 다른 사람들도 마찬가지로 얘길하는 거예요. 알았죠?"

명희는 차분한 목소리로 촛불 의식을 설명했다. 모두들 숙자가 이야기하기를 기다렸다. 그러나 숙자는 몇 번 숨을 크게 쉬기만 할 뿐 아무 말도 못했다.

한참 만에 입을 연 숙자가 말했다.

"저, 선생님, 저 맨 나중에 할게요."

"그래, 그럼 숙희 촛불에 불만 붙여 주고 나중에 하자."

숙자는 조심스레 숙희의 촛불에 불을 붙였다. 숙희의 초로 옮겨 간 불꽃이 처음엔 깜빡깜빡하다가 확 불이 붙었다. 숙희의 얼굴이 환해졌다.

그렇게 촛불이 하나씩 켜지고 방 안이 점점 더 환해졌다. 촛불이 하나씩 켜질 때마다 영호도, 명환이도, 숙자 어머니도, 동준이도 모두 한 해 동안 겪은 가슴 아픈 일이 되살아나 울음을 삼켜야 했다. 그러나 그 아픈 기억 속에는 아픔과 슬픔을 함께 나눈 사람들이 있었다.

모두 돌아가며 한마디씩 하고 나자 숙자의 촛불은 끄트머리만 조금 남았다.

다시 숙자 차례가 됐건만 숙자는 여전히 촛불만 뚫어지게 바라보고 있었다. 한참 만에야 숙자의 입이 달싹달싹 움직였다.

그러나 소리가 너무 작아 모두들 숨을 죽이고 들어야 했다.

"음…… 저, 다들 고마워요. 그리구 동수 오빠가 착하게 된 거 축하해요. 음…… 그리구……."

숙자는 또 머무적거렸다. 숙자 촛불이 깜빡거렸다. 동준이는 얼른 제 촛불을 숙자 것과 바꿨다. 숙자의 눈에 눈물이 그렁그렁해지기 시작했다.

"음, 저, 저는 엄마가 돌아와서 고맙다는 말을 하고 싶어요. 엄마가 없는 동안 정말 엄마가 보고 싶었다는 말도 하고 싶어요. 저도 숙희처럼 엄마한테 가서 말도 많이 하고 싶구, 엄마를 좋아한다구 말하고 싶어요. 근데 그게 잘 안 돼요. 그리고, 그리고 아빠가 많이 보고 싶어요. 숙희랑 엄마랑 셋이서 아빠 얘기를 했으면 좋겠어요. 이러다가 아빠를 다 잊어버리면 아빠가 너무 외로울 것 같아요."

숙자는 가까스로 울음을 참으며 말을 끝냈다. 볼 위로 눈물이 방울져 흘렀지만 소리내어 울지 않았다.

숙자 어머니도 울음을 삼켰다.

"자, 이제 촛불이 거의 다 타 버렸죠? 우리 지난 한 해 동안 슬프고 속상한 일, 그 촛불에 다 태워 버린 거예요. 이제 새로 시작하는 거예요. 자, 이제 촛불을 끄고 불을 켤 거예요. 불이 들어오면 우리 서로서로 돌아가며 꼭 껴안는 거예요."

명희가 서둘러 촛불 의식을 끝냈다. 불이 켜지자 서로 방 안

을 돌면서 한 번씩 껴안았다.

숙자 어머니는 숙자가 곁에 오자 숙자를 꼭 껴안았다.

어머니 품에 안겨 숙자는 어머니가 무슨 말이든 해주기를 바랐다. 그러나 어머니는 그저 눈물만 흘리면서 말없이 숙자의 볼을 쓰다듬어 줄 뿐이었다.

숙자는 못내 섭섭한 마음을 감출 수 없었다. 저녁 준비를 하느라 다시 분주해진 부엌 한구석에서 숙자는 시무룩하게 서 있었다. 그 모습을 살피던 동수가 다가갔다.

"숙자야, 속상해하지 마. 사람들은 속마음을 말하는 게 참 힘들어."

"나두 알아."

"있잖아, 나두 촛불 의식 할 때 엄마 얘길 하고 싶었어. 근데 끝내 못하겠더라. 어쨌든 숙자 넌, 보기보다 용기가 많은 것 같다."

숙자는 동수의 말에 피식 웃었다.

"치, 오빠 그러니까 꼭 어른 같애. 징그럽다."

숙자는 섭섭한 마음을 마음 한구석으로 접어 넣었다. 그리고 어머니 곁으로 가서 밥 푸는 일을 도왔다.

모처럼 모두들 고깃국에 삼겹살로 배를 두둑하게 채우고 선물도 나누었다. 아이들은 뺨이 발그스름하게 달아오를 정도로 신나게 놀았다.

자정이 넘어서 명희가 집에 가야겠다고 하자 그제야 아이들은 아쉬운 듯 헤어졌다.

영호는 숙자네 식구를 바래다주고 명희도 택시에 태워 보낸 다음 괭이부리말 언덕을 올라왔다.

커다란 교회의 종탑이며 외벽에 치장한 울긋불긋 반짝거리는 장식들은 시내의 네온사인 간판보다도 더 요란해 보였다. 교회는 마치 '예수 성탄'이라는 물건을 팔고 있는 가게처럼 보였다. 교회 안은 아직도 환했다. 아마도 사람들이 모여 성탄 준비를 하는 것 같았다.

교회를 지나고 나니 내리막 언덕에 다닥다닥 붙어 있는 판잣집에서 새어 나오는 불빛이 더욱 초라하고 애처롭게 빛났다.

영호네 집으로 들어오는 골목 모퉁이 집에서는 오늘도 변함없이 부부 싸움을 하고 있었다. 아이들이 우는 소리를 들으며 영호는 밤하늘을 올려다보았다.

아이들이 애타게 기다리는 눈이 내릴 기색은 전혀 없었다. 희끄무레한 밤안개 탓에 별조차 보이지 않았다.

영호가 골목을 돌아 집으로 들어오는데, 집 옆에 웬 쪼그리고 앉은 꼬마가 보였다. 생각해 보니 조금 전 사람들을 바래다주러 나올 때도 언뜻 녀석을 본 것 같았다.

가까이 다가가니 아이는 훌쩍훌쩍 울고 있었다.

"너 누구니?"

아이는 잔뜩 움츠린 몸을 조금 펴더니 고개를 들었다.

"이렇게 추운데 집에 안 가고 뭐 하는 거야?"

"……."

아이는 아무 대답도 않더니 부스스 일어나 바지 주머니에서 편지 봉투를 하나 꺼냈다.

"이게 뭔데?"

"우리 아빠가 이거 아저씨 주래요."

"날 주라구? 니네 아빠가 누군데?"

"……."

영호는 집에서 새어 나오는 불빛을 빌려 아이를 대충 살펴보았다. 아이 옆에는 책가방과 작은 보따리가 놓여 있었다. 불현듯 이상한 느낌이 들었다.

"니네 아빠가 정말 여기로 가라고 그랬어?"

아이는 고개를 끄덕였다.

"추우니까 일단 들어가자."

영호가 아이를 데리고 들어오자 방을 치우던 동수와 명환이의 눈이 휘둥그레졌다. 동준이도 수돗가에서 이를 닦다가 놀란 눈으로 아이를 쳐다보았다.

"사, 삼촌, 걔 누, 누구예요?"

"나두 몰라. 야, 꼬마야, 이리로 올라와."

영호는 아이를 마루로 불렀다. 환한 불빛 아래 선 아이의 얼굴은 볼따구니가 눈물, 콧물로 범벅이 된 채 얼어 터져서 빨갛게 부어 올라 있었다. 회색 점퍼는 언제 빨아 입었는지, 까만 때가 켜켜이 쌓여 아예 반짝반짝 윤이 날 지경이었다.

이를 다 닦고 마루로 올라온 동준이는 아이를 보더니,

"어, 얘, 저 아랫동네 사는 앤데?"

하고 말했다.

"동준이가 아는 애니?"

"네, 얘 아마 우리 학교 1학년일걸요."

영호는 아이의 점퍼를 벗기며 명환이에게 말했다.

"명환아, 얘 국에다 밥 좀 말아 줘라."

명환이는 불쌍한 눈으로 아이를 내려다보다가 가스레인지에 국 냄비를 올렸다.

동수는 아무 말 없이 청소를 계속했다.

아이는 국 한 그릇에 만 밥을 게눈 감추듯 단박에 먹어치웠다.

"더 줄까?"

명환이가 묻자 고개를 크게 끄덕였다.

아이는 밥을 두 그릇이나 먹어 치우더니 밥상머리에 앉아 꾸벅꾸벅 졸았다.

"추운 데 오래 앉아 있었던 것 같애. 배부르고 몸이 녹으니까 잠이 오나 봐. 동준아, 얘 데리고 가서 자라."

영호의 말에 동준이는 아이를 데리고 방으로 들어가 이불을 깔았다.

동준이는 아무 말도 않고 아이를 눕혔다. 그리고 자신도 그 옆에 누워 베개를 대자마자 잠이 든 아이에게 이불을 쓱 올려 덮어 주었다.

마루에 앉은 세 사람은 한참 동안 아무 말도 하지 않았다.

"삼촌, 편지나 읽어 보죠."

동수가 먼저 말을 꺼냈다.

"괜히 편지 보기도 겁난다."

영호는 소리내어 편지를 읽기 시작했다.

안녕하십니까?

선생님 이야기를 소문으로 들었습니다.

제가 벌써 1년 넘게 놀고 있습니다. 애 엄마는 몇 년 전에 집을 나갔습니다.

저는 일본으로 갑니다. 한국에서는 일을 찾기 힘듭니다. 동네 형님의 소개로 관광 비자 받아 일본에 갑니다. 딱 여섯 달만 우리 호용이를 보살펴 주십시오. 보육원도 생각했는데, 내 아이를 그런 데 보내는 것이 아무래도 찜찜해서 염치 불구하고 선생님께 맡깁니다.

반년만 있으면 꼭 돌아옵니다. 부탁드립니다.

아이의 이름은 천호용입니다.

"쳇! 그래도 우리 아버지보단 낫네. 꼭 데려 가겠다고 말도 하구 말야."

영호가 편지를 다 읽자 동수가 투덜대며 말했다.

"사, 삼촌, 그, 근데 이, 일본엔 왜 가요?"

명환이가 물었다.

"넌 잘 모르지? 이 동네에는 일본에 불법 취업 하는 사람들이 꽤 많아."

"가, 가서 뭐 하는데요?"

"남자들은 부둣가나 뭐, 그런 데서 막일하고, 여자들은 식당 같은 데서 일한대. 우리 어릴 때는 겨울철에 광부 모집 광고가 많았거든. 근데 탄광촌이 별볼일 없어지면서 한 10년 전쯤부터는 그렇게 알음알음으로 일본 가는 사람들이 늘었어. 가 봤자 사실 거기도 별볼일 없는데. 어쩌면 그게 이 동네 사람들의 마지막 희망이지."

영호의 말에 명환이는 그래도 이해가 잘 안 되는지 고개를 갸웃거렸다.

"빌어먹을, 그렇다고 이렇게 애를 떼꺽 맡기고 가면 어쩌라는 거야."

"어, 어쩔 수가 없었겠지, 뭐."

"어이구, 천사 같은 우리 명환이, 속도 좋다. 책임지지도 못할 애는 왜 낳고 버리는지 모르겠어."

동수가 계속 빈정대며 말을 허투루 내뱉자 영호가 말했다.

"동수야, 그렇게 말하면 기분이 좀 나아지냐? 어떻게 해야 될지 생각을 해봐야지."

"삼촌! 뭘 생각해요? 삼촌 같은 사람이 저 아이를 길거리로 내몰 거예요? 그렇다고 저렇게 편지 쓰고 나간 사람을 찾을 수나 있겠어요? 답은 뻔하잖아요. 살아야죠. 우리가 여기 이렇게 같이 살게 된 것처럼."

동수와 명환이는 새벽녘에야 잠이 들었다. 동수는 잠들기 전까지도 내내 화가 나서 씩씩거렸다. 영호는 그런 동수의 속마음을 알면서도 아직도 어른들에게 원망이 많은 동수가 걱정이 되었다.

동수가 잠이 들자 영호는 일어나 호용이 곁에 앉았다. 텔레비전 아래 서랍에서 연고를 꺼내 꺼칠꺼칠하게 튼 호용이의 얼굴에 발라 주었다.

영호는 아침이 되면 아이들을 데리고 목욕탕에나 가야겠다고 생각했다. 영호는 창밖이 희끄무레하게 밝아 올 때까지 우두커니 앉아 있었다. 잠을 잘 수가 없었다.

아침이 되자 영호는 일어나서 창문을 열었다. 성탄절 아침, 하얀 눈 대신 눈부시게 밝은 햇살이 창문으로 쏟아져 들어왔다.

영호는 기지개를 켜고 아이들을 깨웠다.

24. 새해, 눈 오는 날

새해가 되었다.

새해 첫날 아기가 태어났다.

숙희 말대로 여자아이였다. 숙자 어머니는 아기의 머리가 보일 때까지 참다가 병원에 가서 금방 아기를 낳았다. 숙자 어머니가 고생을 많이 한 탓인지 아기가 예정일보다 훨씬 빨리 나왔다. 그리고 몸무게도 2.5킬로그램밖에 되지 않았다. 그래도 다행히 어머니와 아기가 둘 다 건강했다.

숙자 어머니는 만 하루 만에 퇴원을 했다. 마침 겨울 방학중이라 숙자와 숙희가 어머니 산바라지를 했다. 아기 배냇저고리며 기저귀를 빠는 일은 여간 힘든 것이 아니었다. 날마다 산더미처럼 빨래가 쌓였다. 숙희가 예전만큼 뺀들대는 것은 아니었지만, 여전히 허드렛일은 몽땅 숙자 차지였다. 김명희 선생님도 방학 동안에 대학원에 다니느라 숙자를 많이 도와주지 못했다. 그래도 숙자 어머니는 숙자가 없을 때면 손수 미역국도 끓이고 몰래몰래 빨래도 했다.

힘은 들어도 숙자는 아기 얼굴만 보면 저절로 웃음이 나왔다. 아기가 기지개를 켜다가 속싸개 사이로 손을 쏘옥 내밀면 그 손이 얼마나 앙증맞은지 눈에 넣어도 아프지 않을 것 같았다.

숙자가 기저귀 빨래를 하고 있는데 바깥에서 동준이가 불렀다.

"숙자야, 놀자."

숙자는 비누 묻은 손으로 바깥 문을 열었다.

"들어와. 나 빨래해."

동준이가 들어오고 뒤이어 호용이도 들어왔다. 아이들이 들어올 때 따라 들어온 찬바람에 숙자는 금세 손이 시렸다. 숙자네는 바깥문과 부엌 마루 사이에 수도가 있어 좁은 현관이 빨래터도 되고 목욕탕도 되었다. 그래서 빨래를 하려면 엉덩이를 마음대로 움직일 수 없어 다리가 아프고, 아귀가 잘 안 맞는 나무 문 사이로 바람이 새어 들어와 손이 꽁꽁 얼어붙는 것 같았다.

"손 시려, 빨리 문 닫어. 울 엄마랑 아기 자니까 조용히 해야 돼.”

숙자는 서둘러서 빨래를 마쳤다.

“숙희는 어디 갔어?”

“갠 요즘 방학 숙제 하러 날마다 친구네 가잖아.”

숙자는 다 빤 기저귀를 안방으로 가져가 빨랫줄에 하나씩 걸고 나왔다.

호용이는 그새 싱크대 위에 올려놓은 멸치 볶음을 손가락으로 집어 먹고 있었다.

영호네 집에 온 지 한 달이 되도록 호용이는 그저 먹고 또 먹었다. 하루 세 끼를 먹고도 자꾸만 몰래 몰래 밥도 훔쳐 먹고 반찬도 꺼내 먹었다. 영호와 아이들이 몰래 먹지 말고 밥 먹을 때 많이 먹으라고 해도 소용이 없었다. 명희는 호용이의 먹는 욕심이 쉽게 없어지지 않을 것 같다고 했다.

숙자는 그런 호용이가 불쌍했다. 그러나 동준이는 호용이가 밉살맞기만 했다. 먹는 것만 밝히는 것이 아니어서, 동준이 물건이 호용이 손아귀에만 들어가면 못쓰게 되기 일쑤였다. 호용이는 무엇이든 꽉 움켜쥐는 버릇이 있었다. 동준이 크레파스를 하도 부러뜨려 영호가 일부러 새로 사다 주었는데, 그것마저 순식간에 다 부러뜨렸다.

게다가 호용이는 동준이 뒤꽁무니만 쫓아다녔다. 얼마나 눈치가 빠르고 잽싼지 동준이가 아무리 따돌리려 해도 따돌릴

수가 없었다. 그래서 동준이와 숙희는 호용이를 '껌딱지'라고 불렀다.

"숙자야, 우리 나가 놀자."

"추운데, 그냥 집에서 놀자."

"오늘 눈 온대."

"누가 그래?"

"아침에 텔레비전 보니까 일기 예보에 나오던데. 날씨도 흐리구 정말 눈 올 것 같애."

"눈 오면 좋겠다. 눈 오면 오빠들이랑 눈싸움하기로 했는데."

숙자와 동준이의 이야기를 듣고 있던 호용이가 연거푸 멸치를 입에 넣으며 말했다.

"치, 벌써 눈 온다고 그런 게 몇 번인데 한 번도 안 왔잖아."

숙자는 호용이한테서 접시를 빼앗아 냉장고에 넣어 버렸다. 그리고 방에 들어가 점퍼를 가지고 나왔다.

"나가자. 호용이가 계속 여기 있다간 우리 집 반찬 다 먹겠다."

숙자는 호용이 손을 잡아끌었다. 밖에 나오자 숙자는 하늘을 올려다보았다. 하늘에 눈발이 선 것도 같았다.

아이들은 2층 마당으로 내려갔다. 때마침 굴을 실은 1톤 트럭이 2층 마당 한쪽에 도착해 굴 포대를 내리고 있었다.

반찬값이라도 벌겠다고 여름내 마늘을 까던 괭이부리말 사람들은 가을이 되면 이듬해 봄까지 굴을 까기 시작한다. 덕적도나 인천 앞바다의 섬에서 양식한 굴을 중개인이 실어다 주면 한 포대씩 사서 깐 다음에 연안 부두에 내다 파는 것인데, 마늘 까는 일보다 힘은 들지만 벌이가 쏠쏠해서 괭이부리말 사람들에게 아주 소중한 일거리였다. 그러나 하루 종일 쭈그리고 앉아 굴을 까는 일은 여간 힘든 것이 아니었다. 그래서 괭이부리말 사람들은 모두 다리에 병이 있었다.

숙자와 동준이는 공장 담벼락에 기대어 서서 트럭이 나갈 때까지 기다렸다. 구멍가게 할머니가 마당에 굴을 쏟아놓고 호스를 꺼내 물을 쫙 뿌렸다.

굴을 까기 위해서는 먼저 수돗물로 굴 껍데기에 묻은 개흙을 씻어 내야 했다. 아이들은 하수구 옆에 기다리고 앉았다가 개흙 물과 함께 떠내려 오는 손톱만 한 게들을 잡았다. 숙자와 동준이는 이 새끼 게들을 잡아서 경주 놀이 하는 것을 좋아했다.

"나두 줘."

호용이가 손바닥을 펴서 동준이 앞으로 불쑥 내밀었다. 동준이는 새끼 게들을 손바닥에 모아 제일 작고 비실대는 놈을 골라서 호용이에게 주었다.

"넌 저쪽 가서 놀아."

"싫어."

"으이구, 말도 드럽게 안 들어."

동준이는 호용이를 쫓으려던 것을 포기하고 숙자와 게를 가지고 놀았다.

"어, 눈 온다."

호용이가 하늘을 보며 소리를 쳤다. 참말로 눈발이 조금씩 날리더니 곧 진눈깨비가 내렸다.

기다리던 함박눈은 아니었지만 아이들은 신이 났다.

"와, 눈이다, 눈."

"야, 명환아, 눈이다."

학원 문을 나서며 풀이 잔뜩 죽은 명환이를 동수가 툭툭 치며 말했다.

"저, 저게 뭔 눈이냐. 지, 진눈깨비지."

명환이는 괜히 동수한테 심술을 부렸다.

"야, 요, 요리 학원이 뭐 이렇게 비싸냐. 정말 화난다."

명환이는 계속 투덜댔다.

"명환아, 뭘 배우든 사설 학원은 비싸. 더구나 너는 자격증 반으로 들어가려고 하니까 수강료가 더 비싼 거야."

"그, 그래도 그렇지. 반년치를 한꺼번에 내라구 그러구, 재료값도 개인이 내야 하구…… 사, 삼촌한테 뭐라구 그러지?"

"너무 비싸다고 솔직히 말해야지, 뭐."

"사, 삼촌이 되게 속상해할 텐데."

"할 수 없지, 뭐. 신경 쓰지 마. 명환아, 내가 햄버거 사 줄게 저기 들어가자."

동수는 명환이를 끌고 햄버거 가게로 들어갔다. 가게는 동수 또래들로 북적댔다. 진눈깨비가 내리자 탁자에 앉은 아이들이 저마다 핸드폰을 꺼내 들고 전화를 하고 있었다.

"야, 우, 우리만 핸드폰 없는 거 같다."

명환이가 눈이 휘둥그레져서 말했다.

"재, 재네들은 저거 엄마, 아빠가 다 사 준 거겠지?"

"왜, 부럽냐?"

"……."

명환이는 대답을 안 했다. 동수는 명환이를 자리에 앉힌 뒤 햄버거와 감자튀김을 사 들고 왔다.

명환이는 햄버거를 몇 입 베어먹더니 동수에게 내밀었다.

"나, 난 아무래도 햄버거가 싫어."

"그럼 여기 괜히 들어왔잖아."

"아, 아니야, 그래도 좋아. 이런 데 앉아 있으니까 우, 우리도 재네들처럼 학교 다니는 애들 같다, 그지?"

명환이는 자꾸만 주위를 둘러보았다. 다른 때 같으면 벌써 타박을 했을 텐데 동수는 그런 명환이를 그냥 내버려두었다.

감자만 주워 먹는 명환이를 지켜보다가 동수가 말했다.

"명환아, 나 있잖아, 그 공장 계속 다니기로 했어."

"너 그 공장 싫다며?"

명환이가 놀라서 물었다.

"그래. 공장은 싫은데, 기술은 배우고 싶어."

"그, 그, 서, 선반 기술이라는 거 말야?"

"응."

"그, 그거 위험한 거 아냐? 공장장 아저씨도 손가락 하나가 없다면서?"

"그래도 조심해서 하면 될 거야. 명환아, 그 공장장 아저씨 참 좋다. 영호 삼촌만큼 좋은 사람 같애."

"너 지, 진심으로 말하는 거야?"

"응."

동수는 영호 선배의 소개로 보름 동안 아르바이트를 하던 공장에 아예 취직을 하기로 했다. 하인천역 근처에 있는 작은 공장이었다. 스테인리스를 가지고 보온병과 아기 젖병을 만드는 공장인데, 사장과 공장장을 합쳐서 직원이 열 명인 아주 작은 곳이었다. 공장은 하인천역 근처에 있는 건물이 대개 그렇듯, 일제 시대 때 지어 놓은 창고를 고쳐서 쓰고 있었다. 천장은 아주 높고 창문은 거의 없어, 공장으로 고쳤다고 해도 그야말로 창고 같은 곳이었다. 대낮에도 전등을 켜지 않으면 캄

캄했고, 발밑으로 쥐가 다닐 지경이었다. 게다가 전철역 옆이라 하루 종일 전철 지나다니는 소리에 귀가 다 멍했다. 그래서 동수는 처음엔 신문 배달을 그만둔 뒤 한 달 동안만 일을 하기로 했다. 그런데 점점 선반 기계에 매력을 느끼게 되었다. 그리고 공장장 아저씨가 좋아졌다.

아직 삼십대 중반인 공장장 아저씨도 괭이부리말에서 나고 자란 토박이라고 했다. 동수는 한번 잡으면 기계 앞을 떠날 줄 모르는 일벌레인 공장장 아저씨가 신기하기까지 했다. 동수는 지금까지 한 가지 일에 그렇게 몰두하는 사람을 본 적이 없었다. 시커먼 기름투성이 작업복을 입고 일에 빠져 있는 공장장 아저씨의 모습은 참 보기 좋았다. 공장장 아저씨는 열 명 남짓한 공장 식구들과 흉허물 없이 지냈다. 보름 동안 공장장 아저씨와 지내면서 동수는 이렇게 좋은 사람한테서 일을 배우는 것도 행운일 것이라는 생각이 들었다.

명환이는 동수가 공장에 아예 취직할 것이라는 이야기를 듣고는 또 시무룩해졌다.

"도, 동수 넌 좋겠다. 학교도 가고, 취직도 하고."

동수는 명환이가 먹다 남긴 햄버거를 입으로 가져가다가 갑자기 생각이 난 듯 말했다.

"명환아, 너 빵 만드는 기술 배우는 건 어때?"

"빵?"

"응, 지금 생각난 건데, 내가 지난번에 고등학교 입학 서류 가지러 중학교에 갔잖아. 그때 중3 때 담임이 나보고 금세 그만둘 학교 가지 말구 기술이나 배워 보라고 그러더라구. 뭐, 영세민 자녀들한테 공짜로 기술을 가르쳐 주는 데가 있다던데. 미용, 제빵, 뭐 그런 기술 말야."

"그, 그런 게 있다구?"

"응, 빵 만드는 것도 요리의 일종이잖아."

명환이는 곰곰이 생각을 하더니,

"그, 그거 어렵지 않을까?"

하고 물었다.

"어려워도 넌 할 수 있을 거야. 요즘엔 사람들이 빵 많이 먹잖아. 빵 만드는 기술 괜찮을 거 같지 않니?"

"그, 근데, 숙자 엄마가 나보고 요리사 되어서 식당 하자구 그랬거든."

"그럼 나중에 식당 대신 빵 가게 하면 되지, 뭐."

"그래?"

명환이는 점점 솔깃해지는 것 같았다.

"우리 내일 그거나 알아보러 가자. 너네 생활 보호 대상자지?"

동수는 내친김에 명환이의 확답을 받아 두는 것이 좋을 것 같아서 자꾸 부추겼다. 그래도 명환이는 선뜻 대답을 하지 않았다.

"명환아, 관심이 없니?"

"아, 아니, 그런 건 아니고. 도, 동수야, 난 겁나. 사실 요, 요리 학원 가는 것도 겁났거든."

"명환아, 나두 하잖아. 나도 자신 없는 거 많아. 나 이번에 공장에 취직할 때도 많이 걱정했어. 나 보호 관찰로 나온 거잖아. 날 문제아로 보고 취직 안 시켜 주면 어떡하나 하구 말야. 면접 볼 때 왜 학교 그만뒀는지, 왜 구치소에 들어갔다 나왔는지 물어보는데 식은땀이 줄줄 흘렀단 말야. 근데도 참았어. 명환아, 겁내지 마. 자꾸 망설이고 자신 없어 하면 아무것도 못해. 솔직히 까놓고 말해서, 우리가 겁날 게 뭐 있냐. 별난 거 다 겪어 봤는데. 안 그래? 내일 가 보자. 안 되면 또 다른 거 찾아보면 되지."

"아, 알았어."

아직도 명환이는 마지못해 대답을 하는 것처럼 보였다. 그래도 명환이의 얼굴은 학원을 나올 때보다 밝아졌다.

햄버거 가게를 나오니 날이 어둑어둑해지고 있었다. 눈이 내린 지 한참이나 지났지만 진눈깨비인 탓인지 쌓이지 않고 길 위에서 다 녹아 버렸다. 날이 저물고 거리가 질퍽질퍽한데도 아직 좌판을 걷지 않고 지나가는 사람들을 불러 세우는 노점들이 많았다. 좌판에는 고작 장갑 한 무더기나 싸구려 사인펜, 중국산 장난감 따위가 대부분이어서 지나가는 사람들은 눈길조차 주지 않았다.

지하 도로 들어가니 한구석에 두툼한 벙거지를 뒤집어쓰고 쭈그리고 앉은 노숙자들이 삼삼오오 모여서 언 몸을 녹이고 있었다.

동수는 시내에 나오면 노점 상인이나 노숙자들에게 눈길을 주지 않으려고 애를 썼다. 발을 동동 구르며 선 노점 상인들이나 궁상맞게 웅크린 노숙자들을 아무렇지도 않게 지나치고 싶었다. 그러나 자꾸만 그 사람들에게로 눈길이 가는 것을 어쩔 수 없었다. 동수는 애써 눈을 딴 데로 돌리며 짜증스럽게 말했다.

"난 겨울이 싫어. 겨울에 거리를 지나 다닐 땐 차라리 눈을 감고 싶어."

"왜?"

명환이는 동수의 갑작스런 짜증에 영문을 몰라 쳐다보며 물었다.

"왜는. 보기 싫은 것들이 너무 많으니까 그렇지."

동수는 툭 내뱉고는 입을 다물어 버렸다.

동수는 겨울을 보내면서 부쩍 아버지 생각을 많이 했다. 그리운 것은 아니었다. 그래도 자꾸만 어느 길가에서 혹시 얼어

죽지는 않았는지 걱정이 되는 것은 어쩔 수 없었다.

"명환아, 우리 걸어가자."

지하도를 빠져나와 버스 정류장에 서자 동수는 명환이를 보며 말했다.

"추운데?"

"뛰자. 뛰면 되잖아. 우리 동네까지 뛰어가자. 나, 지금 막 뛰고 싶어."

동수는 머뭇거리는 명환이의 손을 잡고 무작정 뛰었다.

어둠이 내린 거리로 함박눈이 펑펑 쏟아지기 시작했다.

25. 괭이부리말의 새 식구

숙자는 이제 갓 두 달 된 아기를 업고 공장 담벼락 아래서 해바라기를 하고 있었다. 봄볕은 따뜻했지만 옷깃을 파고드는 봄바람은 여전히 매서웠다.

숙자는 아기한테 봄볕을 쐬게 하고 싶었지만 아무래도 바람이 너무 찬 것 같아 스웨터로 아기 머리까지 푹 덮었다.

오늘은 김명희 선생님이 이사 오는 날이다.

오늘부터 김명희 선생님은 숙자네 집 다락방에서 셋방살이를 시작한다. 김명희 선생님도 괭이부리말에서 영호네 식구들과 숙자네 식구들하고 어울려 살고 싶었기 때문이다. 그렇지만 선생님네 집에서는 반대가 심했다. 김명희 선생님네 식구들은 괭이부리말에서 산 시절이 행복하지 않았다고 생각했다. 겨우 가난을 이기고 살 만한데 다시 그 지긋지긋한 괭이부리말로 가겠다는 딸을 선생님 어머니는 이해하지 못했다. 그래도 결국 선생님은 괭이부리말 식구가 되었다.

숙자는 선생님네 식구들이 왜 괭이부리말을 싫어하는지 아직 이해가 안 됐다. 왜 선생님 같은 사람은 괭이부리말에 살면 안 되는 건지도 도무지 이해할 수 없었다. 어쨌든 선생님은 괭이부리말로 이사를 왔고, 숙자는 아침마다 선생님하고 같이 학교에 갈 생각만 해도 기분이 좋았다.

"수, 숙자야."

명환이가 가방을 메고 버스 정류장 쪽에서 걸어왔다.

"어, 명환이 오빠. 학원 갔다 오는 거야?"

"응."

"오빠, 빵 만드는 거 재미있어?"

"아, 아직 제대로 안 배워. 이, 이론 공부 하는데 좀 어려워."

"빵 만드는데도 공부해야 돼?"

"그러엄."

숙자의 물음에 명환이는 우쭐거리는 얼굴을 하고 목에다 힘을 주어 크게 대답했다.

"오빠, 나중에 우리 날마다 맛있는 빵 만들어 줘야 돼?"

"아, 알았어. 그, 근데, 추운데, 왜 나와 있어?"

"집에 먼지가 너무 많아서."
"아참, 오늘 선생님 이사 오는 날이구나. 서, 선생님 이삿짐 다 날랐어?"
"그럼, 영호 삼촌이랑 아침에 다 날랐어. 지금은 엄마랑 선생님만 정리하고 있어."
"어이, 도와주지도 못했네."
명환이는 미안한 표정을 지으며 다시 말했다.
"짐도 별로 없던데, 뭐. 삼촌이 몇 번 다락에 올라갔다 내려오니까 다 되던데."
"그, 그래? 이따가 가 봐야지. 숙자야, 가자. 아기 감기 들라."
"응, 아기 젖 먹을 때도 됐어. 참, 이따가 오빠, 우리 집에서 선생님 집들이한대."
"그, 그래? 오늘 저녁 안 해도 되겠네?"
공중화장실 뒤 갈림길에서 명환이와 숙자는 헤어졌다.

숙자 어머니와 김명희 선생님은 아직도 다락방에서 짐 정리를 하고 있고 숙희는 걸레를 빨고 있었다. 숙희는 걸레를 빨다가 들어오는 숙자를 올려다보면서,
"치, 내가 아기 본다니까. 나만 손 시렵게 걸레 빨구. 너 때문에 손 시려 죽겠다."

하고 눈을 흘겼다. 숙희는 어쩌다 한 번 걸레를 빨면서도 투덜거리고 있었다. 워낙 숙희의 심술에 익숙해진 숙자는 아예 숙희의 말을 무시하고 물었다.

"영호 삼촌은 갔어?"

"응, 내일부터 같이 일 나갈 십장 아저씨 만나러 갔다 온대."

"응, 그랬구나. 어디로 간대?"

"또 영종도라나 봐."

잠시 뒤에 숙자 어머니가 사다리를 타고 내려왔다. 숙자네 집 2층 다락은 계단이 없어 가파른 사다리를 타고 오르내려야 했다. 하기는 괭이부리말의 집들은 다 그랬다. 좁은 집에 다락을 올려 2층으로 쓰는 것이기 때문에 계단을 놓기 어려웠다.

숙자 어머니는 수돗물로 대충 손을 씻고 나서,

"어디 갔다 왔니? 어이구, 우리 막내, 뺨이 꽁꽁 얼었네."

하며 숙자의 등뒤에서 아기를 안아 올렸다.

"엄마, 나 이제 나가두 되지?"

숙희는 다 빤 걸레를 마루 위로 던지며 말했다.

"그래, 나가 놀아."

그러나 어머니의 말이 끝나기도 전에 다락 위에서 김명희 선생님의 목소리가 들렸다.

"오숙희, 다른 데 가지 말고 동준이네 가 있어. 선생님 이것만 정리하고 곧 갈 거야. 숙제해야지."

숙희는 금세 입이 닷 발이나 나와서 퉁명스럽게 다락에다 대고 소리쳤다.

"숙자는요?"

"숙자는 어젯밤에 벌써 다 하고 검사 받았어요."

숙희는 선생님의 말에 대답도 않고 방으로 들어가 가방을 들고 나오더니 문을 쾅 닫고 나가 버렸다.

숙자 어머니는 그런 숙희를 보며 그저 빙긋이 웃기만 했다.

숙자는 어머니를 따라 방으로 들어갔다.

어머니는 아기를 안고 앉아 젖을 물렸다. 숙자는 어머니 곁에 누워서 시린 발을 아기 이불 아래로 밀어 넣었다. 그리고 모빌 아래로 들어갔다. 김명희 선생님이 달아 준 모빌은 아기가 잘 볼 수 있도록 아주 낮게 매달려 있었다. 숙자는 손을 뻗어 노랫소리가 나게 하는 단추를 눌렀다.

숙자는 노랫소리에 맞춰 춤을 추는 잠자리 모양의 모빌을 보며 하품을 했다.

"엄마, 나 졸려. 자도 돼?"

숙자는 졸린 목소리로 어머니를 올려다보며 말했다.

"그럼. 우리 숙자, 수고했다. 이따 엄마랑 선생님이 저녁 준비해 놓고 깨울게, 자."

숙자는 어머니 무릎 곁으로 바싹 다가 누웠다. 조심스레 손을 뻗어 어머니 무릎 위에 얹었다. 그리고 살짝 곁눈질로 어머니 얼굴을 살폈다. 어머니는 아무 말 없이 숙자를 내려다보았다. 그리고 스르르 눈을 감는 숙자에게 아기 포대기를 끌어서 덮어 주었다. 숙자는 정말로 오랜만에 달콤한 낮잠에 빠져 들었다.

"야, 천호용! 너 이리 와서 안 앉아?"

명희는 벌써 한 시간째 호용이와 실랑이를 벌이고 있다. 이삿짐 정리가 대충 끝나자마자 영호네 집으로 온 명희는 호용이와 공부를 하고 있었다. 동준이와 숙희는 옆에서 밥상을 펴 놓고 일기를 쓰고 있었다.

명희는 냉장고 뒤에 숨어서 나오지 않는 호용이를 끌어냈다. 그리고 다시 밥상 앞에 앉히고 말했다.

"자, 차렷 하고 있어 봐. 몇 분 동안 꼼짝하지 않는지 선생님이 잴 거야. 호용이가 1분만 가만히 앉아 있으면 오늘 저녁밥을 주고, 안 그러면 저녁밥을 못 먹는 거야. 알았어?"

호용이는 연이어 눈을 깜빡이고 눈동자를 데굴데굴 굴리고만 있다가,

"선생님, 배고파요."

하고 말했다.

명희는 다시 딱딱한 표정을 짓고 말했다.

"자, 그러니까 선생님하고 약속하자고. 호용이가 1분만 가

만히 앉아 있으면 오늘 저녁밥을 주고, 안 그러면 저녁밥을 못 먹는 거야. 알았지?"

호용이가 마지못해 고개를 끄덕였다. 명희는 시간을 쟀다.

호용이는 1분 동안 코를 킁킁대고 눈을 깜박이긴 했지만 몸을 움직이진 않았다.

명희는 호용이가 조금 덜 움직이게 되자 연습장에다가 '안녕.' '안녕하세요.'를 쓰게 했다. 이제 내일이면 2학년이 되는 호용이는 아직도 한글을 전혀 몰랐다.

명희에게 호용이는 새로 받은 숙제나 다름없었다. 동수가 나날이 좋아지는 모습을 보며 명희는 이제 자신의 할 일이 얼추 끝났다고 생각했다. 그러나 성탄절 전날 불쑥 나타난 호용이는 영호나 명희에게 새로운 숙제가 되었다. 동네에서 떠도는 말로는 호용이 아버지가 일본에 간 게 아닌 것 같다고 했다. 그러나 명희나 영호에게 호용이 아버지가 어디에 갔는지는 중요하지 않았다. 지금 호용이는 돌볼 사람이 없고, 그 아이가 명희와 영호 곁에 있다는 것이 중요했다.

저녁 먹을 시간이 다 될 때까지 호용이는 겨우 다섯 번 '안녕.'을 썼다.

일을 알아보러 나간 영호가 돌아왔다.

"일은 하기로 한 거야?"

명희가 묻자 영호는 싱글벙글 웃으며,

"나 1년 계약했어. 영종도 선착장에서 봉고로 현장까지 데려다주니까 날마다 출퇴근해도 되고, 다 잘됐어."
하고 말했다.

"잘됐네."

명희도 반가웠다. 그동안 아이들 때문에 늘 마음 졸이며 안정된 일자리를 얻지 못해 안달하던 영호에게 모처럼 좋은 일이 생긴 것이다.

"사, 삼촌, 이제 집 걱정 말구 일만 해요. 내가 학원 갔다 오면 집안일 다 할게요."

명환이도 아주 밝은 얼굴이었다.

영호가 오자 호용이는 아예 연필을 내려놓고 방 안을 휘젓고 다니며 놀기 시작했다.

명희는 지친 표정으로 영호에게 말했다.

"오늘은 더 못 하겠다. 영호야, 나 지금 저녁 준비하러 갈게. 니가 호용이 데리고 나중에 와라."

"알았어. 호용아, 이리 와. 삼촌이랑 놀자."

그러나 호용이는 영호에게는 눈길도 주지 않고 명희에게 물었다.

"선생님, 어디 가는데요?"

"선생님은 저녁 하러 숙자 누나네 간대. 호용아, 오늘 맛있는 거 많이 먹을 거다."

영호가 호용이 표정을 살피며 말하는데도 호용이는 벌써 눈을 크게 뜨고 명희만 올려다보고 있었다.

"싫어요, 나도 선생님 따라갈래요."

"안 돼. 호용이는 나중에 영호 삼촌이랑 와."

명희는 호용이의 눈길을 외면하고 서둘러 마루를 내려왔다. 그러나 호용이는 명희를 밀치고 쏜살같이 마루 아래로 내려가더니 신발을 손에 들고 바깥에 나가 서서 말했다.

"나, 영호 삼촌이랑 안 가. 나두 선생님이랑 갈래요."

명희와 영호가 어리둥절해서 가만히 서 있자 명환이가 밖으로 나가 호용이를 달래서 신발을 신겼다. 그러고는 호용이에게,

"호, 호용아, 혀, 형이랑 선생님이 먼저 가서 맛있는 거 많이 해놀 거니까 이, 이따가 삼촌이랑 와."

하며 달랬다. 그러나 호용이는 막무가내였다.

"싫어, 난 선생님하고 갈 거야."

호용이가 떼를 부리기 시작했다. 숙자나 동수가 마음속에 있는 것을 잘 나타내지 않는 것과 달리, 호용이는 겉으로 싫고 좋음을 다 드러냈다. 명희한테서 어머니를 느끼는 호용이는 명희에게만 딱 달라붙어 있고 싶어했다. 호용이는 또래의 다른 아이들이 어릴 때 부모에게서 배우는 예절이나 규칙 따위를 배운 적이 없었다. 그래서 자기밖에 모르는 버릇없는 아이

처럼 보였다. 호용이는 하루 세 번 끼니에 맞춰 밥을 먹어야 한다는 것도, 밥을 먹고 나면 이를 닦아야 하고, 잘 때는 몸을 씻어야 한다는 것도 몰랐다. 아홉 살이나 된 아이였지만 실제로는 네 살짜리와 똑같았다.

밉게 보려면 한없이 미울 호용이가 명희는 그저 안쓰러웠다. 그래서 명희는 안 되는 줄 알면서도 번번이 호용이의 떼에 져 버렸다. 호용이에게는 떼를 부리고 잘못을 해도 끝까지 받아 줄 사람이 필요했다. 이번에도 명희는 호용이한테 지고 말았다. 명희는 명환이와 함께 호용이를 데리고 나왔다.

호용이는 골목 밖으로 나오자 이번엔 업어 달라고 졸랐다. 명희는 호용이를 업었다. 호용이는 명희의 등에 바짝 엎드리더니 명희의 등에다 뺨을 부볐다.

"아, 따뜻해."

"호용아, 내일부터 학교에 가면 선생님한테 아는 척하면 안 돼. 학교에서 선생님한테 업어 달라고 해도 안 되고."

"왜요?"

"음, 왜냐면 집에선 선생님이 호용이랑 이렇게 친구처럼 지낼 수 있지만, 학교에 가면 선생님도 다른 선생님들과 똑같아지거든. 선생님이 호용이만 예뻐하면 다른 친구들이 속상하잖아."

명희의 말을 잠자코 듣던 호용이가 고개를 끄덕이며 말했다.

“나두 알아요.”

그러더니 대뜸,

“선생님! 집에선 우리 엄마 하고 학교에 가면 선생님 해요.”
하고 말했다. 명희는 웃으며,

“그럴까?”
하고 등에 업힌 호용이를 돌아보았다. 그런데 호용이는 이번엔 대답을 하지 않고 골똘히 뭔가 생각하는가 싶더니,

“아니, 안 돼요. 그러지 말구 이모 해요.”
하고 말했다.

“이모? 왜?”

“울 엄마랑 울 아빠가 나 데리러 오면 어떡해요. 그러니까 그냥 이모 해요.”

“그래, 그러지 뭐. 호용아, 그러니까 내일부터 학교에서는 선생님이다, 알았지?”

“네.”

호용이는 다시 명희의 등에 얼굴과 손바닥을 비볐다.

명희의 등으로 호용이의 따뜻한 체온이 전해졌다. 명희는 또래 아이들보다 성장도 느려 작고 마른 호용이가 등 뒤에서 꼬물꼬물대는 것이 싫지 않았다.

명희는 앞으로 자신이 등에 업어야 할 아이들이 호용이만은 아닐 것이라는 생각을 했다.

괭이부리말로 다시 오기 위해 짐을 싸면서, 10층짜리 아파트에서 다락방으로 이삿짐을 옮기면서 명희는 다짐을 했다. 다시는 혼자 높이 올라가기 위해 발버둥치지 않겠다고.

귀퉁이가 어긋나 삐딱한 숙자네 집 문 앞에 선 명희는 4년 전, 괭이부리말을 떠나 연수동으로 이사 가던 날을 생각했다. 그 날 명희는 번쩍이는 엘리베이터 자동문 앞에 서서 드디어 가난을 벗어났다며 날아갈 듯 기뻐했다. 넓고 깨끗한 아파트에 살면서 괭이부리말의 기억을 모두 잊어버렸고, 다시는 가난하게 살지 않겠다고 다짐했다. 그러던 명희가 오늘 그 지긋지긋하던 괭이부리말로 돌아왔다. 그런데도 명희는 지금 행복했다. 다 낡아빠진 숙자네 집 문 앞에 선 지금이 엘리베이터 자동문 앞에 섰을 때보다 더 행복하다고 느꼈다.

명희는 이제서야 소중한 것이 무엇인지 알 것 같았다. 명희는 어서 문을 열고 들어가 아기를 업은 채 환하게 웃고 있을 숙자가 보고 싶었다. 공장에서 시커먼 기름때를 묻히고 돌아와 허겁지겁 밥상으로 덤벼들 동수도 빨리 보고 싶었다. 삼겹살과 김치 부침개와 김칫국으로 차린 저녁 밥상에 둘러앉을 식구들을 생각하니 명희는 벌써부터 배가 불러 오는 것 같았다.

"호용아, 오늘은 선생님하고 밥 많이 많이 먹자."

"오늘은 조금만 먹으라구 안 할 거예요?"

"그래, 오늘만. 오늘만큼은 우리 실컷 먹자."

명희는 빽빽해서 잘 안 열리는 숙자네 문을 힘차게 밀며 말했다.

26. 봄

동수는 괭이부리말과 하인천을 이어 주는 구름다리를 내려와 공장이 있는 골목으로 들어갔다.

3월이라지만 아직도 바람이 찼다. 게다가 오랜만에 교복을 입는 것이 어색해서 다른 사람들 눈에 띄지 않으려고 다른 날보다 일찍 집을 나섰더니 더 추웠다.

오늘부터는 공장 일을 마치면 곧장 학교로 가야 했다. 다시 학생이 된다는 것이 아직 쑥스럽고 창피했다. 어제 입학식 때 본 학생들 중에는 사십대 아저씨도 있고 이십대 형도 있었지만, 대개가 동수 또래였다. 무스로 머리를 뾰족하게 세우고 노란색, 갈색으로 물들인 아이도 많았다. 동수는 한편으로는 새로운 친구들을 만난다는 것이 겁도 났다.

동수는 새로 시작하는 마음이 이렇게 설레고 두근두근하는 것인지 미처 몰랐다. 아직은 영호가 사 준 책가방을 멘 어깨도, 명환이가 싸 준 도시락의 따뜻한 느낌도 모두 어색했다.

동수는 공장 앞에 다다르자 자물쇠를 열려고 허리를 구부렸다. 공장 철문은 시멘트 바닥과 고리로 연결이 되어 있어서 자물쇠가 바닥 쪽에 있었다. 동수는 열쇠를 자물쇠에 꽂으려다가 파란 새싹을 보았다. 공장 철문과 벽돌담 사이에 있는 좁은 틈 사이로 파란 민들레 싹이 돋아 있었다.

"어! 새싹이네."

허리를 펴 주위를 둘레둘레 살펴보니 햇볕이 드는 곳마다 푸른 싹들이 비쭉비쭉 머리를 내밀고 있었다. 동수는 저 여린 풀들이 볕도 잘 안 드는 공장 지대 한구석에서 긴 겨울을 어떻게 견뎌 냈는지 신기했다. 그리고 아직 여린 민들레 싹이 비좁은 철문 틈에 뿌리를 내리고 꽃망울을 터뜨릴 수 있을지 걱정이 되었다. 그래도 민들레의 노란 꽃이 참말로 보고 싶어졌다.

동수는 민들레 싹 곁에 쭈그리고 앉았다. 그리고 손가락으로 담 밑에 먼지처럼 쌓여 있는 흙가루들을 쓸어다가 뿌리 위에 덮어 주며 말했다.

"어떻게 그 긴 겨울을 견디고 나왔니? 외로웠지? 그래도 이렇게 싹을 틔우고 나오니까 참 좋지? 여기저기 친구들이 참 많다. 자, 봐. 여기 우리 공장 옆에도, 저기 길 건너 철공소 앞에도 네 친구들이 있잖아. 나도 많이 외롭고 힘들었는데 친구들 덕분에 이젠 괜찮아. 우리 친구 하자. 여기가 좀 좁고 답답해도 참고 잘 자라라. 아침마다 내가 놀아 줄게."

동수는 일어나서 허리를 쭉 펴고 기지개를 켰다. 허리만이 아니라 마음 안에 있는 구김살까지도 쭉 펴지도록 팔을 길게 뻗어 기지개를 켰다.

집을 나올 때까지도 무겁고 두렵던 동수의 마음이 한결 가벼워졌다.

문을 열고 공장으로 들어갔다. 환한 데 있다가 어두운 곳으로 들어가니 잠시 눈앞이 어른거리고 아무것도 보이지 않았다. 동수는 더듬거리며 커다란 창고를 판자로 대충 막아 만든 기계실을 찾았다. 기계실 문을 열자마자 동수는,

"와!"

하고 탄성을 질렀다.

높다란 공장 천장 바로 밑에 벽돌 한 개가 떨어져 나가 생긴 구멍으로 마알간 햇살이 쏟아져 들어오고 있었다. 손바닥만 한 구멍으로 저렇게 밝은 햇살이 들어온다는 것이, 어두운 공장 한구석을 환하게 비출 수 있다는 것이 놀라웠다.

동수는 햇살이 내려 꽂히는 곳으로 가서 섰다. 동수의 뺨 위로 눈부신 햇살이 쏟아져 내렸다. 동수의 할 일은 다른 사람들이 오기 전에 청소를 해 놓는 것이었다. 그렇지만 동수는 잠시

그 햇살 아래 서 있기로 했다. 그동안 동수의 몸과 마음을 채우고 있던 어둠들을 말간 햇살로 다 씻어 내고 싶었다.

동수는 숙자와 숙희, 동준이, 명환이와 영호 삼촌, 숙자 어머니와 김명희 선생님, 그리고 갓난아이와 호용이의 얼굴을 하나씩 떠올렸다. 햇살을 가득 품은 식구들의 얼굴을 생각하니 힘이 솟는 것 같았다.

동수는 컨테이너 박스로 만든 사무실에 들어가 작업복으로 갈아입었다. 그리고 교복은 옷걸이에 곱게 걸어 놓았다. 구김이 가지 않게 손으로 바지를 탁탁 털어 걸었다.

동수는 걸레를 들고 기계를 닦기 시작했다. 그리고 자기도 모르게 노래를 흥얼거렸다.

"봄, 봄, 봄, 봄, 봄이 왔어요……."

김중미

1963년 인천에서 태어났고 한국방송통신대학교 교육학과를 졸업했습니다. 1987년부터 이 책의 배경인 인천 만석동의 괭이부리말에서 살아왔으며, 그곳에서 공부방을 하고 있습니다. 이 책으로 창비에서 주관하는 제4회 '좋은 어린이책' 원고 공모에서 창작 부문 대상을 받았습니다.

송진헌

1962년 전북 군산에서 태어났고 홍익대에서 서양화를 공부했습니다. 1987년부터 어린이책에 그림을 그리기 시작해, 『너하고 안 놀아』 『돌아온 진돗개 백구』 『너도 하늘말나리야』 『무릎 위의 학교』 등에 따뜻하고 정감 어린 그림들을 그렸습니다.